JN419283

직장인 김봉수

직장인 김봉수

초판 1쇄 인쇄_2025년 11월 20일 | 초판 1쇄 발행_2025년 11월 25일
지은이_김종문
펴낸이_진성옥 외 1인 | 펴낸곳_꿈과희망
주소_서울시 용산구 한강대로 76길 11-12 5층 501호
전화_02)2681-2832 | 팩스_02)943-0935 | 출판등록_제 2016-000036호
e-mail_jinsungok@empas.com
ISBN_979-11-6186-170-8   03810
※ 책 값은 뒤표지에 있습니다.
※ 새론북스는 도서출판 꿈과희망의 계열사입니다.
©printed in Korea. | ※ 잘못된 책은 바꾸어 드립니다.

직장인이 쓴 직장 장편소설

직장인 김봉수

김종문 지음

꿈과희망

1. 하찮은 인간의 조건

며칠 후 결국 기만은 승진했고 그의 태도는 돌변했다. 이제 봉수는 한낱 아랫사람에 불과했다. 무엇보다 봉수에게 자신의 밑바닥까지 보여 준 일이 치욕적으로 느껴졌다. 기만이 거만하게 의자에 등을 눕힌 상태로 자판을 두드리는 봉수를 심각한 표정으로 관찰하며 깊은 생각에 잠겼다.

"이거 뭐야? 이걸 보고서라고 갖고 왔어!"

김봉수는 오늘도 이기만 팀장에게 무참하게 짓밟힌다.

"우리가 일 한 게 좀 있어 보이도록 그 뭐야? 좀 그럴싸한 문구 같은 걸 넣으란 말이야. 곧이곧대로 쓰지 말고. 이딴 걸 어떻게 대표님께 보고해? 나 엿 먹으라는 거야?"

"죄송합니다. 다시 수정해서 가져오겠습니다."

깍듯이 인사하고 축 처진 어깨로 뒤돌아서 가던 봉수에게 이 팀장의 비아냥거림이 들려온다.

"쯧쯧쯧, 어떻게 신입도 아니고 저렇게 감이 떨어져서야. 능력 없으면 알아서 나가든가. 참 뻔뻔스럽기는…."

얼굴에 핏기가 서면서 봉수의 주먹에 힘이 들어갔다. 딱히 보고서에 문제가 있는 것도 아닌데 사사건건 시비다. 사실 보고

서라면 봉수도 한 보고서 쓴다. 그전 팀장까지만 하더라도 보고서 못 쓴다는 평가를 받은 적이 없었다. 하지만 새로 부임한 이기만 팀장은 애써 봉수의 능력을 평가절하했다.

이 팀장은 봉수의 입사 동기이다. 승진할 때 누구보다 봉수의 도움이 컸다. 그런 그가 승진 후 태도가 돌변하며 봉수를 잡아먹지 못해 안달이다. 봉수는 선의로 시작된 자신의 선택이 이렇게 직장생활에서 아니 삶 전반에 걸쳐 돌이킬 수 없는 결과를 가져올 줄은 꿈에도 몰랐다.

봉수는 그날 일을 또렷이 기억하고 있다. 승진 후보자 배수에 나란히 이름을 올린 늦은 시간, 기만이 봉수의 집 앞에서 그를 불렀다. 벌써 술에 취한 듯 그의 눈은 흐트러져 있었다.
"뭐야? 어쩐 일이야? 어허 이 친구 벌써 술이 좀 됐군."
봉수가 반가운 얼굴로 그를 맞았다.
"하하하! 전무님이랑 한잔하고 왔지. 집에 들어가기가 아쉬워서 우리 입사 동기이자 절친인 너랑 한잔 더 하려고 왔지."
"야! 너 많이 취했어. 어서 들어가 좀 쉬어. 더 마시면 몸 상해."
봉수가 비틀거리는 기만의 어깨를 잡았다.
"봉수야! 나랑 딱 한 잔만 더 하자. 내 동기 봉수야~"
기만이 봉수의 품에 안겨 질척거렸다.

"야! 징그러워. 완전 맛이 갔구만. 에구, 이 술 취한 우리 친구를 어이 하오리까."

봉수가 민요를 읊조리듯 타령을 하며 기만을 부축했다.

"봉수야~ 봉수야~ 이러지 말고 한 잔만 더 하자."

"안 돼요~~ 더 마시면 당신이 개로 변할 것 같아 무서워요. 택시 잡아 줄 테니까 들어가세요~"

봉수가 싱글벙글거리며 기만을 부축하고 낑낑거렸다. 순간 기만이 바닥에 털썩 주저앉았다.

"아이쿠! 얘가 왜 이래? 다리에 힘 좀 줘."

"봉수야! 이번 승진에서 한 번만 날 좀 밀어주라!"

기만의 목소리가 조금 전과 달리 자못 진지하다.

"뭐라고?"

"이번에 너랑 나랑 둘 중에 한 사람밖에 안 되는 거 알잖아. 전무님한테 물어봤는데 인사고과도 평판도 업무성과도 다 네가 좋아서 난 힘들 것 같다고 해."

"기만아! 승진은 까 봐야 알지. 네가 될 수도 있잖아?"

기만이 괴로운 듯 머리를 양손으로 감싸더니 바닥에 힘없이 내렸다.

"아니야! 봉수야! 이대로면 네가 될 거야. 그냥 이번에 눈 딱 감고 나 좀 도와주면 안 되겠니?"

기만이 봉수를 간절한 눈빛으로 봤다.

"기만아! 그걸 내가 어떻게 내 마음대로 해?"

"그럴 줄 알았어. 말로만 친구 친구지, 결정적인 순간에는 포기하지 않을 줄 알았어. 야! 우리 사이가 이 정도밖에 안 돼?"

"야! 무슨 말을 그렇게 해? 승진을 내가 결정하니? 방법이 없잖아."

"왜 방법이 없어? 네가 인사부장 찾아가서 이번 승진은 개인적인 사정으로 응모를 포기한다고 말하고, 성과 기술서를 아예 제출하지 않으면 되잖아. 대신 내가 먼저 승진하면 그냥 가만히 있겠어? 다음에 꼭 너 챙기잖아. 길어봐야 1년이야. 1년도 못 기다려 줘? 봉수야! 너 내 동기이자 둘도 없는 친구잖아. 넌 다음에도 될 수 있지만, 난 이번에 안 되면 힘들어. 너도 알잖아? 봉수야! 한 번만 도와주라."

기만의 간절한 눈빛에 봉수의 눈동자가 흔들렸다.

"야! 그게 말이 되니? 내일 다시 얘기하자."

봉수가 일으켜 세우려고 하자 기만이 그의 발목을 잡았다.

"봉수야! 제발 한 번만 도와주라. 넌 혼자지만, 난 가정도 있잖아. 너도 알잖아. 처갓집이 우리 집안 못 산다고 얼마나 무시하는 지. 마누라 볼 엄두도 안 나고 나 정말 미쳐버리겠어. 봉수야! 평생 잊지 않을게. 봉수야! 앞으로 정말 잘할게. 응? 봉수야 이렇게 무릎 꿇고 빌어!"

기만이 급기야 무릎을 꿇고 고개를 숙였다.

"야! 무슨 짓이야? 얼른 일어나."
봉수가 기만을 일으켜 세우려 해도 요지부동이다.
"봉수야! 정말 부탁이다. 나 살려 주는 셈 치고 도와주라."
기만이 급기야 어깨를 들썩이며 울먹였다. 난감한 표정의 봉수가 머리를 뒤로 쓸어 넘기더니 결심한 듯 말했다.
"알았어. 알았으니까. 그만 일어나!"

"정말? 정말이야?"
기만이 벌떡 일어나 봉수를 왈칵 안았다.
"봉수야! 정말 고맙다. 오늘 이 우정 평생 잊지 않을게."
기만의 얼굴에 안도와 알 수 없는 미소가 흘렀다.

며칠 후 결국 기만은 승진했고 그의 태도는 돌변했다. 이제 봉수는 한낱 아랫사람에 불과했다. 무엇보다 봉수에게 자신의 밑바닥까지 보여 준 일이 치욕적으로 느껴졌다. 기만이 거만하게 의자에 등을 눕힌 상태로 자판을 두드리는 봉수를 심각한 표정으로 관찰하며 깊은 생각에 잠겼다.

'저 새끼가 혹시 내가 무릎 꿇고 사정했다는 얘기를 떠들고 다니면 어떡하지? 아이 쪽팔려! 저딴 새끼한테 무릎 꿇은 걸 생각

하니까 열받네. 아이 쪽팔려!'

기만이 머리를 뒤로 쓰다 넘기며 봉수를 노려봤다.

'안 되겠어. 쫓아내야겠어. 놔두면 평생 걸림돌이 될 놈이야. 경쟁에서 밀리면 도태되는 건 자연의 법칙이잖아. 조직에서 다음이 어딨어? 바보 같은 놈! 골로 가는 길은 네가 선택했어. 봉수야~'

기만이 결심한 듯 책상을 "탁"치며 자리에서 일어났다. 직원들이 놀라 일제히 기만을 봤다.

"뭐? 아무것도 아냐. 신경 쓰지 말고 일들 봐."

기만이 서둘러 직원들을 다독거리다가 봉수와 눈이 마주쳤다. 기만의 입가에 알 수 없는 비릿함이 묻어났다. 봉수가 서둘러 모니터로 고개를 돌렸다. 그는 이제 기만을 도와준 사람이 아니라 씻을 수 없는 모욕을 준 응징의 대상이다. 마냥 착하고 배려하는 그의 모든 행동이 가식적이고 역겹고 하찮게 보였다. 이제 그와 한 공간에서 함께 호흡하는 것조차 받아들일 수 없었다.

2. 스타 복싱

관장의 위압과 너스레에 봉수가 떠밀리듯 체육관에 들어갔다. 땀으로 찌든 체육관과 지하실 특유의 메캐한 냄새, 빛바랜 낡은 샌드백과 헐렁하게 늘어진 사각 링이 자신의 모습처럼 처량하다.

　한낮의 열기가 채 가라앉지 않은 어스름한 저녁, 네온 불빛이 벌써 초저녁 거리를 뜨겁게 달구었다. 허스름한 식당이 다닥다닥 붙은 뒷골목 술집은 고기 굽는 냄새와 끈적이는 무더위, 그리고 어지럽게 쏟아지는 말들의 향연으로 뒤범벅된 채 휘청거렸다. 저 멀리서 봉수가 흐느적거리며 걸어왔다. 취기가 잔뜩 오른 얼굴이다. 비틀거리는 몸으로 어둡고 좁은 모퉁이로 사라졌다. 소변 금지라고 적힌 담벼락 아래 자리를 잡고 시원하게 분출하며 혼잣말을 지껄였다.

　"이기만! 개새끼! 어떻게 나한테 그럴 수 있어. 개 같은 놈, 나쁜 새끼."

　비틀거리며 오줌을 싸는 그의 자세가 위태롭다.

　"아이 씨발! 근데 바닥은 왜 이렇게 뜨거운 거야?"

김봉수가 자신의 아래를 보고 깜짝 놀라며 뒤로 물러섰다.

"어? 억! 이거 뭐야?"

자신의 구두에 오줌을 누고 있다. 뒤로 물러서다 물줄기가 주체할 수 없이 요동을 치는 바람에 그의 회색 바지가 금세 흥건해졌다. 봉수가 비틀거리며 어정쩡한 자세로 바지를 추슬렀다.

"히히히. 이러니 니가 그런 대우를 받는 거야! 오줌도 제대로 못 쏘는 놈인데. 그놈을 믿은 내가 바보지. 히히히!"

봉수가 자신의 바지를 보고 낄낄거렸다. 손으로 바지를 털던 그가 냄새를 확인하려는 듯 손을 코로 갖다 대더니 미간을 찌푸렸다.

"아유~ 지린내. 되는 게 하나도 없네. 씨발. 흐흐흐!"

실성한 사람처럼 낄낄거리며 주변을 두리번거렸다. 한눈에 보기에도 민감한 부분이 너무 젖어 아무래도 정상적인 도보 주행은 힘들었다. 한동안 지린 오줌이 마를 때까지 기다리기로 하고 담벼락에 기댔다. 담배에 불을 붙이고 눈을 올려 하늘을 올려봤다.

순간 문득 전봇대에 강렬한 색상으로 디자인된 전단지 한 장이 눈에 들어왔다.

"스타 복싱! 복싱이라 복싱!"

내뿜은 희뿌연 연기 사이로 복싱이라는 글자가 훅 치고 들어왔다.

"복싱! 그래 이 새끼가 끝까지 시비를 걸면 신나게 패고 깔끔하게 퇴사하는 거야! 체육관은 어딨는 거야?"

키 작고 빵빵한 몸집의 그가 전봇대에 바짝 붙어 위치를 확인하는 뒷모습이 풍뎅이 같다. 한참 동안 전단지를 응시하던 그의 눈빛이 변해 갔다. 이내 결심이 선 듯 포효하듯 담배 연기를 길게 내뿜었다. 횅한 눈빛은 간데없고 포동포동한 손에 잔뜩 힘이 들어갔다. 자신의 주먹 아래 목숨을 구걸하는 이기만을 상상하니 악당을 물리치는 어벤져스가 된 듯했다.

담배를 문 그의 입가에 아메리칸 스나이퍼 클린트 이스트우드와 같은 냉혹한 미소가 흘렀다. 손끝 하나로 세상을 쓸어 버릴 것만 같은 표정이다.

"그래 이거야! 제대로 응징할 거야. 이기만! 앞으로 조심해 훗훗훗!"

세상을 발밑에 둔 듯 연신 히죽거린다. 때마침 지린 오줌도 마르면서 슈퍼맨 팬티 윤곽으로 변했다. 이제 악당을 쓸어버리는 세기적 어벤져스로 완벽하게 등극한 표정이다. 꽁초를 사정없이 발로 뭉개고 발걸음을 옮겼다. 그의 발걸음은 어느 때보다 당당하고 재빨랐다.

빛바랜 "스타 복싱" 간판이 귀퉁이에 힘겹게 점멸을 반복하고 있다. 간판은 3층에 매달려 있지만, 스타란 이름이 무색하다.

체육관은 지하로 연결되어 있다. 더위와 취기로 턱밑까지 헐떡이는 숨을 가까스로 골랐다. 초라한 체육관 간판과 어둡고 칙칙한 지하 입구 앞에서 그의 호기로움도 깜빡거리며 빛을 잃어갔다.

건물 앞에 선 그가 들어갈까 말까 주춤거렸다. 조금 전의 기백은 어디 가고, 기력이 다해 전봇대에서 막 떨어진 풍뎅이처럼 입구 주변만 뱅뱅 돈다.

그때 건물 1층 분식점 아줌마의 눈에 풍뎅이가 포착됐다. 한눈에 보기에도 오줌을 지린 것을 단박에 느낄 정도로 선명한 윤곽을 띈 바지를 입은 채 서 있는 그를 보며 탄식했다.

"멀쩡하게 생긴 놈이 오줌싸고 부끄러운 줄도 모르고 돌아다니네. 말세다 말세. ."

다음 날 저녁, 봉수가 전날과 달리 말짱한 모습으로 체육관 앞에 다시 나타났다. 지하 계단 입구 앞에서 어제처럼 들랑날랑 반복한다. 그리곤 이내 자신의 머리를 쥐어박더니 발길을 돌렸다. 다음날도 체육관을 찾았지만, 똥 마려운 개처럼 안절부절 한참을 맴돌다 분식점 아줌마와 눈이 마주치자 서둘러 자리를 떴다.

그리고 다음 날도 체육관 앞에서 서성이는 봉수. 복싱과는 전혀 이미지가 맞지 않는 작고 비대한 풍뎅이를 닮은 그는 한눈에 보기에도 운동과는 담을 쌓고 지낼 스타일이다. 보다 못한 분식점 아줌마가 어딘가 전화를 했다. 이어 족히 50대 중반의 권투는 한 번도 해 보지 않았을 것 같은 아저씨가 지하에서 볼록한 배를 앞세우고 나와 주변을 두리번거렸다.

영겁의 세월을 보낸 듯한 색이 바랜 체육복은 그와 한 몸이다. 수염은 관장의 몸에서 탈출하려 듯 저마다 얼기설기 제멋대로 삐져나와 있다. 만약 그가 저 상태로 체육관이 아니라 서울역에 누워 있어도 낯설지 않을 것 같다. 그때 아줌마가 눈길로 봉수를 가리켰다. 아저씨가 미심쩍은 눈빛으로 천천히 다가가자 봉수가 당황스러운 표정으로 서둘러 발길을 돌렸다.

"거기! 이 봐요!"
우렁찬 목소리에 봉수가 움찔하며 섰다. 천천히 돌아서며 겸연쩍은 표정을 지으며 엉거주춤 인사했다.
"당신 뭐요? 뭔데 자꾸 남의 체육관 앞을 쓸데없이 며칠째 왔다 갔다 하며 신경 쓰게 만들어요?"
"아! 네. 그게. 참 말하기 그런데… 혹시 여기서 복싱 가르쳐요?
"복싱 체육관에서 복싱 가르치지. 그럼 컴퓨터 가르치나?"
관장의 말투가 싸울 듯이 퉁명스럽다.

"그럼 혹 여기 관장님 되세요?"

"네. 내가 관장이긴 한데, 도대체 왜 이 앞에서 알짱거리세요? 여기 분식점 아줌마가 불안하다고 하잖아요."

관장이 갑자기 홱 돌며 분식점 아줌마를 보며 끈적한 미소와 함께 뜬금없이 윙크를 했다. 아줌마가 처음엔 당황스런 표정을 짓더니 이내 주변 눈치를 보며 소심하게 주먹을 불끈 쥐며 응원했다.

"저기. 저처럼 배가 이렇게 나온 사람은 복싱할 몸이 아니죠? 히히히 알면서도 혹시나 하고…."

봉수가 뒷머리를 긁적이며 몹시 겸연쩍어했다.

말이 떨어지기 무섭게 관장의 표정이 일순간 천사를 본 듯 환하게 밝아지며 무거운 몸이 간사스러워졌다.

"아구~ 무슨 소리에요? 완벽해요. 완벽해. 나하고 체형이 비슷한 거 같은데, 나도 복싱하잖아요. 우리 같은 사람이 복싱을 해야 파워가 있어요? 진짜! 딱 복싱 스타일이야. 일찍 했으면 선수해도 될 몸이에요. 선생님! 일단 들어가서 이야기하시죠? 정말 잘 오셨어요."

관장이 봉수의 등을 밀며 반강제적으로 서둘러 체육관으로 안내했다. 어정쩡한 자세로 앞장서는 봉수! 뒤를 따르던 관장이 분식점 아줌마를 보며 손가락으로 OK 사인을 보내며 환한 미소를 지었다. 분식점 아줌마가 소리 없는 물개박수를 치며 주먹을 불끈 쥐며 응원했다.

"아! 아니, 지금 당장 하려고 한 게 아니라, 그냥 물어보려고…."

봉수가 앞서 계단을 내려가다 말고 관장에게 사정하다시피 다시 방향을 틀려고 시도했다.

"어허! 그러니까 일단 날도 더운데 들어가서 상담하자고요. 안 잡아먹어요, 고객님."

관장의 위압과 너스레에 봉수가 떠밀리듯 체육관에 들어갔다. 땀으로 찌든 체육관과 지하실 특유의 메캐한 냄새, 빛바랜 낡은 샌드백과 헐렁하게 늘어진 사각 링이 자신의 모습처럼 처량하다. 검은 천장 밑에 듬성듬성 달린 전등은 구석에 쌓인 거미줄과 먼지를 더욱 도드라지게 했다.

중학생 정도 되는 빼빼 마른 학생 한 명이 샌드백을 치고 있다. 무표정한 표정의 학생과 눈이 마주쳤다. 봉수가 머쓱한 나머지 학생에게 살짝 손을 흔들며 인사했다.

"안녕?"

그를 힐긋 보고 학생이 인사도 없이 무표정하게 다시 샌드백을 쳤다. 어색한 침묵을 깨기 위해 관장이 호들갑을 떨며 꺼져 있던 전등을 모두 켰다. 차라리 전등 몇 개만 켜는 게 나았다. 불이 켜진 체육관은 더 초라하다. 관장도 이 사실을 인지하고 있다는 듯 봉수의 눈치를 보며 애써 웃었다.

"옛날에는 체육관이 나름 괜찮았는데, 세월이 흐르다 보니 이렇게 됐네. 그래도 복싱은 헝그리! 알죠? 헝그리 정신이 필요한 운동이에요."

관장이 헝그리를 크게 강조하며 애처로운 사지를 흔들며 봉수의 눈치를 살폈다.

"네. 시설도 정말 헝그리하네요."

"네?"

봉수가 미동도 없이 링에 시선을 고정한 채 입을 나풀거렸다. 관장의 표정이 일순간 일그러졌다. 뭔가 자신을 향해 전해지는 따가운 시선에 고개를 돌려 관장의 얼굴을 봤다. 순간 일그러졌던 관장의 표정이 금새 활짝 피며 봉수를 반겼다. 순간 관장의 삐져나온 코털이 눈에 거슬렸다. 핀셋으로 뽑아주고 싶은 충동을 느꼈다. 관장이 민망한 표정으로 손으로 자신의 입 주변을 만지며 뭔가 묻었는지 확인했다.

"내 얼굴에 뭐가…."

그제서야 봉수가 고정된 시선을 거두고 당황스런 표정으로 화제를 서둘러 돌렸다.

"아! 아니 죄송해요. 딴 생각을 하느라. 참! 운동할 때 음악도 틀어주나요?"

"아! 역시 센스 있으시네. 분명 고객님은 복싱인의 피가 흐르고 있어요. 그럼요, 복싱은 신나야지요. 여긴 댄스음악만 틀어 줘요. 들어볼래요?"

관장이 오래된 CD 플레이를 튼다. 태진아의 "미안 미안해." 노래가 나온다.

"좋죠? 이런 노래 들으면서 운동하면 힘이 저절로 팍팍! 어때요? 신나죠?"

관장이 쉐도우를 하며 이리저리 허공에 주먹을 날렸다. 뒤집힌 큰 풍뎅이가 몸을 반듯이 세우기 위해 발악하듯 산만했다. 그때 관장이 갑자기 홱 돌아 거친 숨을 고르며 제풀에 만족한 듯 호응의 눈빛을 보냈다.

"네. 뭐 나름 신나긴 하네요. 그래도 좀 최신 노래면 좋겠지만…. 근데 저도 열심히 하면 되죠?"

"물론입니다. 복싱하면 몸짱 되는 건 시간문제지요."

"복싱하면 싸움도 잘 할 수 있나요?"

"싸움? 어디 패줄 사람이 있나요?"

"예, 꼭 한 사람!"

봉수의 입가에 야릇한 미소가 번졌다. 관장은 상담 중에도 중간중간 쉐도우로 짤막하고 풍성한 몸을 파닥거렸다.

"물론 싸움할 때도 도움이 되지요. 그런데 올해 나이가…?"

"서른아홉."

"아! 적지 않은 나이인데. 사람 패면 돈도 많이 들 텐데…."

관장이 봉수의 뜬금없는 대답에 쉐도우를 멈추고 표정을 살폈다. 봉수의 눈빛에 결연한 의지가 느껴졌다.

"저 같은 사람도 복싱할 수 있다는 거는 분명하죠?"

"그럼요."

"그럼, 오늘부터 당장 하죠."

"벌써요? 체육복도 없는데……."

"아! 그렇구나. 그럼 내일부터 운동할게요."

"회비는 얼마죠?"

"음, 한 달에 20만 원인데, 제가 과감히 3개월에 50만 원, 6개월에 100만 원, 1년 200만 원, 뭐 이렇게 통 크게 할인 팍팍해 드리겠습니다. 뭐 원래 다 받아야 되지만, 선생님 도전정신을 높이 평가해서 과감히 서비스해 드리는 겁니다. 이 정도면 싼 거예요. 요즘 아이들 태권도가 15만 원, 20만 원 하거든요. 그리고 복싱은 무엇보다 시간제한이 없어요."

관장은 크게 인심을 쓰듯 흡족한 표정으로 봉수를 봤다. 잠시 후 갑자기 첩보 영화라도 찍는 듯 바짝 붙어 나지막하지만 단호한 말투로 귓속말을 했다. 순간 봉수도 긴장했다.

"깎아 줬다는 이야기는 다른 관원들한테는 절대 말하지 마세요. 제 입장이 난처해집니다. 혼자만 알고 계세요. 하하하!"

관장이 자신의 행동에 스스로 만족한 듯 뿌듯한 표정으로 봉수를 향해 엄지를 세웠다.

"관장님! 근데 다른 관원은 없나요? 말을 하려고 해도 사람이 있어야 ⋯."

봉수가 무심결에 주위를 둘러보며 어리둥절한 표정으로 말하자 관장이 그의 어깨를 툭 치며 머쓱함을 없애려는 듯 호탕하게 웃었다.

"하하하! 이거 참! 혹 관원이 들어오면 주의하시라는 얘기입니다. 하하하!"

"그런데 성함이?"

"아 참! 김봉수라고 하고 합니다."

"봉수? 어? 저놈이 김봉섭인데. 하하하! 봉섭아! 인사해라. 너 형님이다. 하하하!"

"아! 저 학생 이름이 봉섭이에요?"

"네."

봉섭이 경계하는 표정으로 가볍게 눈인사를 하고는 이내 샌드백을 친다.

"자식 인사 제대로 하지? 쟤가 원래 좀 무뚝뚝해서. 하하하!"

전력으로 샌드백을 치는 봉섭의 눈빛이 예사롭지 않다.

다음날, 저녁 봉수가 집에서 입던 칠부 반바지에 늘어진 티셔츠 입고 체육관에 들어섰다. 한눈에 보기에도 복싱과는 거리가 먼 태생적 한계를 가진 초라한 몸이다. 관장이 암담한 표정을 짓더니 이내 해맑은 미소를 띠며 봉수에게 다가갔다.

　"봉수씨! 뭐든 기초가 중요해요. 스텝하고 기본적인 자세, 그리고 기초체력 강화를 위한 줄넘기를 꾸준히 해야 합니다."
　봉수가 관장을 따라 스텝을 밟아 보지만 뒤뚱거리는 것이 영 어색하다. 관장은 이 정도면 처음 하는 것 치고는 잘하는 거라며 애써 치켜세웠다. 이어 줄넘기를 시켰다. 몇 번을 넘기지 못하고 걸린다. 봉수의 운동 신경에 관장이 난감한 표정을 짓다가 눈이 마주치자 바로 밝은 표정을 지었다.

　"처음엔 다 그래요. 뭐든 하다 보면 늘게 되어 있어요. 자신감 가지시면 됩니다. 봉수씨! 홧팅!"
　관장이 주먹을 불끈 쥐고 응원했다. 관장의 응원에 힘입어 한 방에 멋지게 악당 이기만을 눕히는 광경을 상상하며 의지를 불태웠다. 잽을 뻗을 때마다 입으로 바람을 가르며 좌우로 쉐도우를 하자 제법 선수가 된 것처럼 우쭐했다. 그러나 실제 봉수의 쉐도우는 고개만 까닥거리는 차 안에 설치된 인형 방향제처럼 귀여웠다.

2주가 지나자 봉수의 스텝과 줄넘기도 제법 나아졌지만, 반복되는 지루한 기본자세 훈련에 지쳐갔다. 그러거나 말거나 관장은 책상에 다리를 얹고 핸드폰을 보고 낄낄거리고 있다.

"저기, 관장님 전 언제 샌드백 쳐요?"

"스텝이 돼야 샌드백을 치지. 이제 제법 자세가 잡혀가니까 일주일 더 하세요?"

관장이 시큰둥하다.

"관장님. 스텝도 지루한데 저 뽕짝, 이제 질리거든요. 집에 가서도 트롯 메들리가 머리에서 돌아요. 다른 노래 좀 틀어 주면 안 돼요?"

"아! 내가 가진 CD가 그것뿐이라. 그럼 봉수씨가 마음에 드는 음악으로 CD 사 오세요."

관장이 이내 핸드폰으로 눈을 돌려 유튜브를 보며 킥킥거린다.

"아니, 관장님! 유튜브에도 음악 많잖아요. 좀 틀어주세요."

"여긴 CD밖에 안 돼요."

"뭔 체육관이 이래요? 내가 고객이잖아요? 아니 고객의 요구를 이렇게 무시해도 되요?"

"그럼. 딴 데 함 알아보세요!"

"에고. 정말 너무하네. 아니 나가려고 해도 환불도 안 된다면서요. 1년치를 긁은 내가 바보지. 관원도 나하고 저 꼬맹이밖에 없어. 관원이 없는 이유가 다 있었어. 회원 말을 이렇게 무시하니까 사람들이 안 오지….”

봉수가 관장이 들으라는 듯 투덜거렸다. 순간 관장과 학생의 시선이 봉수에게 몰렸다. 당황한 봉수가 학생에게 분풀이하듯 쏘아붙였다.

“뭘? 뭘? 내가 어쨌다고?”
“아저씨! 저랑 스파링 한번 할래요?”
대뜸 학생이 물었다.
학생의 도발에 봉수가 어이없는 표정을 지으며 손사래를 쳤다.
“내가 아무리 못해도 중딩이랑 뭔 스파링을 해! 다치면 너 엄마한테 이를 거잖아.”

“그럼. 관두세요.”
“봉수씨! 한번 해 봐! 기초가 왜 중요한지를 알게 될 테니까.”
“에이! 관장님도 중딩하고 어떻게 해요. 다쳐요. 무슨”
봉수가 어처구니 없다는 듯 웃음을 띠며 사양했다.
“괜찮아요. 한번 해 보세요. 제가 책임질게요. 봉섭아! 준비해.”
“아저씨! 올라오세요.”
봉섭이 봉수를 보지 않고 링 위로 올라갔다.

"자식. 좀 보면서 대답하면 어디 덧나야. 기분 나쁘게…."

"뭐해요? 실전 감각 익힌다 생각하고 한번 해 보세요."

"허참! 아이하고 복싱하라니. 관장님이 하도 부탁하시니 살살 할게요. 얘 다칠까 봐 너무 걱정은 하지 마세요."

"난 봉수씨가 걱정인데."

봉수가 거들먹거리며 링에 올라갔다. 드디어 타임 벨이 울렸다. 봉섭이 봉수의 주위를 빠르게 돌며 탐색했다. 봉수가 가소롭다는 듯 웃으며 잽을 살짝 살짝 뻗었다. 그때 봉섭의 잽이 순식간에 봉수의 안면을 강타했다. 순간 봉수가 충격을 받은 듯 휘청거리며 뒤로 물러섰다.

"어! 이거 봐라. 제법인 걸."

봉수가 다시 자세를 잡고 원투를 날리지만, 봉섭이 요리조리 경쾌하게 피한다. 봉섭의 입가에 살짝 야릇한 미소가 번졌다. 먹이를 낚아채려는 표범처럼 봉섭의 자세는 흐트러짐이 없다. 봉수가 크게 라이트를 날리자 기다렸다는 듯 빈틈을 파고들며 레프트 훅으로 그를 코너로 몰았다.

봉수의 주먹은 주춤했다. 한번 주먹을 뻗으면 봉섭의 주먹이 2-3세배 더 들어왔다. 이제 2분이 지났다. 맞기만 했는데 봉수는 벌써 숨을 헐떡였다. 그때 봉섭이 배와 얼굴을 순식간에 연달아 가격하자 봉수가 고통스런 표정을 지으며 모가지 돌아간

풍뎅이처럼 뱅뱅 돌았다.

그동안 배운 복싱의 기술은 온데간데없다. 괴성과 함께 막무가내로 봉섭을 향해 돌진하다가 옆구리를 맞고 제대로 바닥에 꼬꾸라졌다.

관장이 혀를 차며 한심한 눈으로 봉수를 본다.

"에고… 괜찮아요? 처음 맞아봐서 아플 거 같긴 한데, 금방 괜찮아질게요. 봉섭아! 그래도 어른인데 좀 살살하지? 빨리 글러브 벗고 좀 주물러 드려."

서둘러 배를 주무르려 하자. 봉수가 손을 뿌리치며 화를 낸다.

"됐어. 그렇게 세게 치면 어떡해? 이거 아무래도 갈비뼈 나간 것 같아."

"아저씨! 엄살 부리지 마세요. 거긴 갈비뼈 아니거든요."

"훈련을 많이 한 아이라 봉섭이 말이 맞을 겁니다. 곧 괜찮아질 겁니다. 복싱이 기술이 들어가면 이렇게 무서워요. 좋은 경험하신 겁니다. 봉수씨도 열심히 하면 이렇게 됩니다. 홧팅입니다. 하하하!"

관장이 호탕하게 웃으며 봉수의 어깨를 치며 격려했다. 1라운드도 채 못 버티고 만신창이가 된 자신의 모습에 봉수는 더욱

운동을 열심히 해야겠다고 다짐했다. 그날 봉섭과의 스파링은
복싱에 흥미를 잃어가는 그에게 자극제가 되었다.

3. 음모의 시작

"아직 정신 못 차렸어? 상사한테 저 자식이라니! 이거 기강이 말이 아니야. 인사 팀장한테 징계위원회에 회부하라고 해!"
김성길 전무가 못마땅한 표정으로 돌아서 나가자 기만의 입가에 미소가 번졌다. 봉수가 허탈한 표정으로 바닥에 맥없이 주저앉았다.

다음날 옆구리를 자꾸 손으로 만지는 봉수, 옆에 있던 강 대리가 무슨 일이 있냐고 묻는다.

"어제 운동을 좀 심하게 했더니…."

"무슨 운동인데 옆구리를 그렇게 만져요?"

"응- 복싱."

"복싱? 김 과장님이 복싱을 한다고요? 에이 농담하지 마세요."

"진짠데…."

"이야! 오늘 우리 과장님 또 다른 면을 보네."

그때 우연히 지나가다가 그 이야기를 들은 이기만이 헛웃음을 짓더니 한심하다는 듯 비아냥거린다.

"김 과장 복싱해? 누구 패주고 싶은 사람 있어?"

"아니요. 그냥, 운동 삼아…."

기만이 봉수의 어깨에 손을 얹으며 귓속말로 속삭였다.

"그래요? 야— 이제 겁나서 김 과장 보고서는 무조건 결재해 줘야겠네. 하하하!"

이기만이 다시 한번 봉수의 어깨를 강하게 누르며 자신의 자리로 돌아갔다. 봉수의 손에 힘이 들어갔다.

"그래. 조금만 기다려. 너 나한테 걸려들기만 해 봐. 그땐 가만두지 않을 거다."

너무 힘을 준 나머지 그의 손이 파르르 떨렸다.

이후에도 기만의 태도는 별반 다를 바가 없었다. 어김없이 결재는 까다롭고 하루하루는 힘들기만 했다.

그러던 어느 날, 드디어 일이 터지고 말았다. 결재를 받던 봉수에게 기만이 결재판을 던져 버린 것이다. 그것도 사원들이 모두 보는 곳에서 펼쳐졌다.

순간 눈앞이 하얗게 변했지만, 봉수는 이를 악물고 흩어진 서류들을 하나둘 챙겼다. 기만이 슬슬 다가와 시비를 걸었다.

"능력 없어도 월급 꼬박꼬박 주는 거 보면 우리 회사도 정말 좋은 회사야."

봉수가 갑자기 일어서서 눈을 치켜떴다. 기만도 이 순간을 기다렸다는 듯 주머니에 양손을 넣고 똑바로 섰다. 키가 훨씬 큰 이기만이 내려다본다.

'이 비굴한 느낌은 뭐지? 내가 키만 좀 더 컸어도… 엄마! 난 왜 이렇게 작아?'

봉수가 혼자 생각하는 사이에 기만이 머리 정수리까지 다가왔다. 봉수의 눈에 기만의 목젖이 정면에 보인다. 마주하고 있지만, 한 사람은 정수리를, 한 사람은 목젖을 봐야만 하는 이 상황에 직원들이 안쓰러운 눈빛을 보냈다.

"왜? 어쩔 건데? 오라! 참 복싱한다 그랬지? 잘하면 치겠다? 쳐봐! 쳐봐! 일이나 제대로 할 것이지. 꼴값을 떨어요. 쯧쯧."

도발적인 그 말에 봉수의 눈이 분노로 파르르 떨렸다. 주먹에 힘이 들어가고 비장한 각오로 다가가는 순간 강 대리가 봉수를 붙잡았다.

"과장님! 이러시면 안 됩니다."

"놔! 저 새끼 오늘 죽여 버릴 거야!"

이미 봉수는 이성을 잃었다. 봉수의 살기에 위협을 느낀 기만이 허겁지겁 뒤로 물러나며 놀란 눈으로 직원들에게 소리쳤다.

"저 새끼! 뭐야? 미쳤어? 나 너 상사야! 강 대리! 이 대리! 잡아! 어서 잡아!"

기만의 책상 앞 명패와 서류는 봉수의 몸짓에 벌써 바닥에 흐트러져 엉망이다.

"이기만! 너 그러면 안 돼! 인마! 내가 도대체 너한테 뭘 어떻게 했길래 이렇게 모질게 하냐? 너 그렇게 살지 마! 인마!."

강 대리와 이 대리가 결사적으로 봉수를 막았다.

얼마나 소리가 컸는지 다른 부서 사람들도 이내 몰려들었다.

"이게 무슨 짓들이야?"

김성길 전무다.

"전무님! 저 새끼가 미쳤어요. 명백한 하극상이에요. 절대 묵과할 수 없는 일입니다."

기만이 봉수를 손가락으로 가리키며 전무에게 고자질하듯 의기양양하다.

"김 과장! 말조심해! 여기가 도떼기시장도 아니고. 조직이야 조직. 어디서 함부로 상사한테 말을 함부로 하고 그래?"

"그게 아니라, 저 자식이 인신 모독을…."

"아직 정신 못 차렸어? 상사한테 저 자식이라니! 이거 기강이 말이 아니야. 인사 팀장한테 징계위원회에 회부하라고 해!"

김성길 전무가 못마땅한 표정으로 돌아서 나가자 기만의 입가에 미소가 번졌다. 봉수가 허탈한 표정으로 바닥에 맥없이 주저앉았다.

그날 저녁, 술에 취한 봉수가 체육관을 찾았다. 여전히 트로트가 흐르고 있다. 지극히 평온한 모습이다. 한쪽에서 봉섭이 줄넘기를 하며 몸을 풀고 있다.

"어? 봉수씨네, 어디서 이렇게 술을 많이 마셨어?"

봉수가 헤벌쭉 웃었다.

"관장님! 저 그놈 죽여 버리고 말 거예요."

"어허! 술 많이 취했네. 어서 들어가."

"관장님! 저 복싱 정말 잘하게 해 주세요."

"복싱은 네가 하는 거지, 내가 하는 거냐? 그리고 뭐 사람 죽이려고 복싱 가르치는 것도 아니고, 허참! 복싱도 수련이야. 나이가 몇 살인데 에구. 철들려면 아직 많이 멀었다. 쯧쯧."

"아— 관장님! 그리고 보니 이젠 대놓고 완전히 말 놓네요. 제가 그렇게 우습게 보여요?"

"아이쿠 회원님! 언짢으셨다면 정말 죄송합니다. 그럼, 말 높이도록 하겠습니다."

관장이 일어나 공손히 인사를 하자 봉수가 난감한 표정을 지으며 손사래를 친다.

"아니! 또 그렇게까지 깍듯이 하실 필요는 없고요. 그래 좋다! 그냥 말 놓으세요. 까놓고 제 권투 스승이시기도 하시니까. 근데 관장님! 나도 가끔 말 놓을지도 몰라요. 히히히!"

봉수가 혀 꼬부라진 소리로 히죽거린다.

"뭐라고? 한 주먹도 안 되는 것이…."

관장이 주먹을 들자, 재빨리 뒤로 물러서며 소리쳤다.

"어? 이거 폭력입니다."

그때 분식집 아줌마가 들어왔다. 화려하게 치장했지만, 왠지 촌스러워 보인다. 순간 관장의 표정이 180도 변하며 밝아졌다.

"아—김 여사님! 이 시간에……."

김 여사가 떡볶이와 순대를 관장에게 내밀며 순한 양처럼 부끄러워한다.

"관장님, 좀 드시라고, 호호호! 그런데 이분은 그때 그 바지에 오줌 지렸던 아저씨? 맞네. 호호호!"

그녀가 손가락으로 봉수를 가리키며 배를 잡고 깔깔거린다.

"네?"

"아… 밤에 오줌 싸고 체육관 앞에서 어슬렁거리는 것 봤거든요. 그 나이에 오줌 싸고 돌아다니고… 호호호!"

"아니에요. 그거, 그건 오줌 싼 게 아니라 물에 젖은 겁니다. 나 참. 생사람 잡네."

봉수가 당황하며 어물쩍 반박했다.

"오호호호! 오줌 싼 게 맞던데. 많이도 쌌더구먼. 젊으니까 확실히 아직 거긴 건실한가 봐요? 호호호!"

관장이 한심한 눈으로 봉수를 봤다.

"아! 아니에요. 관장님. 아니 이 아줌마가! 아니라니까!"

김 여사의 시선이 봉수의 바지 지퍼 부분에 계속 시선이 머무

르자 서둘러 그 부분을 가리고 두 사람을 번갈아 본다.

"호호호! 그런데 관장님이 왜 이분을 때리려고 했어요? 오줌 싸고 다니지 말라고 그랬나? 오호 호호호!"

"아! 참 아니래도요."

봉수가 마침 기억이 났다는 듯 화제를 돌렸다.

"맞아. 아줌마! 지금 막 관장님이 저한테 폭력 행사하는 거 봤죠? 이제 목격자 생겼어. 아싸!"

흘겨보는 봉수의 시선을 뒤로하고 관장이 이내 김 여사에게 고개를 돌려 애써 미소를 지었다.

"아- 김 여사! 별거 아닙니다. 어디서 술 처먹고 술주정을 해서 술 깨라고…."

"아- 그러고 보니 술 냄새가 좀 나네. 오호호호. 관장님! 잘 하셨어요. 술 먹으면 남자는 개라던데, 몽둥이로 패는 게 제격이죠. 호호호!"

봉수가 어이없는 표정으로 멍하니 김 여사를 본다.

관장이 흐뭇한 얼굴로 김 여사를 보고 엄지를 치켜세웠다.

"빙고! 김 여사님은 확실히 센스가 넘치세요. 어떻게 말을 그렇게 맛나게 하세요. 짱입니다요. 짱! 하하하!"

"제가 뭘요. 생각나는 대로 씨부린 것뿐인데… 호호호!"

운동하던 봉섭이 어이가 없다는 듯 고개를 흔들더니 괜한 샌드백을 한번 힘껏 쳤다.

"야! 봉섭아! 와서 떡볶이 먹어라."

아무런 반응이 없다. 봉수가 끼어든다.

"하여튼, 저놈도 참 이상한 놈이야. 그런데 두 분 어떤 사이에요?" 하며 봉수가 떡볶이를 한 점 물었다.

"어! 이거 생각보다 맛있네."

두세 개를 연달아 먹자 관장이 손을 제지하며 조용히 말했다.

"봉수야! 너 이제 집에 갈 때 안 됐니? 여기 있으면 진짜 맞을 수도 있어."

"아이참! 먹고 있는데….."

"오호, 이름이 봉수구나. 아이 촌스러워, 요즘 듣기 힘든 이름인데. 이분 왜 이렇게 웃겨요. 호호호!"

김 여사가 배를 잡고 과도하게 웃었다. 그녀의 어이없는 행동에 봉수가 기가 막힌다는 고개를 흔들며 젓가락을 놓았다.

"가요. 가! 가면 될 것 아니에요? 술이 확 깨네."

봉섭도 글러브를 벗고 관장에게 꾸벅 인사하더니 나간다.

"샤워 안 하고 그냥 가?"

봉섭이 들은 척도 안 하고 가방을 챙겨 나간다.

"야! 나도 갈 건데. 같이 가!"

봉수가 봉섭을 따라 급히 나간다.

체육관에 김 여사와 관장 둘만 남자 어색한 정적이 흐른다.

"김 여사! 새로 음반 하나 샀는데 음악 들을래요?"

관장이 깜찍한 표정을 지으며 CD를 교체했다. 발라드풍 음악이 잔잔히 흘렀다.

"어때요? 나도 감성 있는 남자입니다. 김 여사님. 흐흐흐"

관장이 마른침을 삼키며 김 여사의 눈치를 살폈다. 김 여사가 관장을 향해 배시시 눈웃음을 친다.

"왜 이렇게 덥지?"

김 여사가 윗단추를 하나 풀며 요염한 포즈를 취했다. 순간 침을 꿀꺽 삼키던 관장이 그녀의 손을 잡았다.

"김 여사!"

관장의 목소리가 감격에 겨운 듯 과도하게 떨렸다. 그윽한 눈길이 마주치자 그녀도 잔뜩 기대하는 눈빛이다.

"어머! 왜 이러세요. 관장님! 누가 보면 어떡하려고. 문이라도 잠가야…."

"걱정 마요. 이제 들어올 사람 없으니까."

관장의 느끼한 눈빛이 더 끈적끈적하다.

관장이 김 여사를 포옹하려는 그때 봉수가 들어왔다.

놀란 김 여사가 관장을 발로 밀어버린다. 바닥에 내꽂힌 관장이 통증을 참고 순식간에 벌떡 일어났다.

"뭐야?"

"아! 가, 가방을 놓고 가서…."

상황을 파악한 봉수가 가방을 챙겨 들고 서둘러 밖으로 나가며 한마디 했다.

"관장님, 제가 문 닫고 갈 테니. 하던 거 하세요. 전 진짜 하나도 못 봤어요."

"어머머머머! 몰라 몰라. 관장님 때문에…."

"저 저저 저 사람이…."

봉수가 사라지자 관장이 뽀로통하게 입술을 내민 김 여사의 눈치를 살피며 안절부절 어쩔 줄 모른다. 잠시후 관장이 어색한 침묵을 깨려는 듯 슬그머니 김 여사쪽으로 엉덩이를 옮기며 말했다.

"김 여사 신경 쓰지 말고 아까 하던 거 마저…."

"마저는 무슨. 이거 드시고 내일 그릇이나 주세요. 문 잠그자고 하니까. 아무튼…."

김 여사가 찬바람을 일으키며 나갔다.

"어유, 분위기 좋았는데… 저 새끼가 산통을 다 깨고! 뭐 저런 놈이, 아이씨~ 좋았는데…."

관장이 체육관에 흐르는 발라드 노래를 신경질적으로 끄며 크게 한숨을 쉰다.

4. 봉섭 엄마

"후훗! 아! 그거요? 사람들은 참 웃겨요. 약자에겐 한 치의 용서도 없거든요. 강자에겐 한없이 약하지만, 더구나 경찰서에 오면 더 그래요. 고개를 숙이는 순간 모든 잘못은 봉섭이와 아저씨가 뒤집어쓰게 되어 있어요. 그게 인간이에요."

봉수가 골목길을 걸으며 혼자 킥킥거린다.

"그 아줌마하고 관장님이 그렇고 그런 사이구나. 킥킥킥! 그나저나 이 녀석은 어디 간 거야. 영양 보충 좀 시켜주려고 했더니…."

봉수가 윗도리를 어깨에 걸친 채 노래를 흥얼거리며 걷는다. 그때 어디선가 아이들 소리가 들린다. 놀이터다. 서너 명의 아이들이 모여 있다. 그냥 지나치려고 하는데 봉섭이 눈에 들어왔다.

이름을 부르려는 순간, 아이들 중 한 명이 봉섭의 배를 발로 찼다. 봉섭이 힘없이 꼬꾸라졌다. 다른 아이들이 한꺼번에 우르르 달려들자 봉섭이 저항도 하지 못하고 일방적으로 맞고 있다.

봉수가 봉섭을 부르며 놀이터로 달려갔다.

"봉섭아! 괜찮아? 너희들 여기서 뭐 하는 거야? 대가리에 피도 안 마른 것들이….."

아이들 중 가장 덩치가 큰 녀석이 바닥에 침을 뱉으며 귀찮은 듯 한숨을 쉰다.

"이건 뭔 풍뎅이야!"

덩치 큰 녀석이 건들거리며 봉수와 봉섭을 번갈아 봤다. 아이들이 그 말에 킥킥거리며 봉수를 아래위로 훑었다.

"아저씨! 신경 쓰지 말고 어서 가세요."

봉섭이 배를 움켜잡고 피하라고 재촉했다.

"아저씨? 뭐야, 그럼 아빠도 아니잖아. 어이! 아저씨! 좋은 말 할 때 그냥 가시던 길 가세요. 예?"

"뭐! 뭐라고? 어이? 어이? 정말 어이가 없네. 야! 빨리 집에 들어가! 안 그럼 선생님한테 연락할 거야."

"하하하! 아이고 무서워라, 씨발, 아저씨! 가던 길이나 가! 그러다 진짜 다쳐."

옆에 있던 녀석이 어린 애 다루듯 봉수에게 다가서며 위협했다.

순간 소름이 확 돋았다. 어쩌면 이 아이들한테 맞을 수도 있겠다는 생각이 들었지만, 봉섭을 두고 떠날 수는 없다. 마음을 다그치며 용기를 냈다.

"너희들 말로 해서는 안 되겠군. 어서 집으로 돌아가! 너희들 나한테 정말 혼난다."

봉수가 큰 목소리로 으름장을 놓지만 목소리가 심하게 떨렸다. 아이들이 저마다 주머니에 손을 놓고 가소롭다는 듯한 표정으로 천천히 봉수에게 다가갔다. 위협을 느낀 봉수가 권투 자세를 취했다.

"어! 치겠다 이거네. 쳐봐! 쳐봐! 이 새끼야!"

"뭐 새끼? 너희들 정말 안 되겠다. 기다려봐. 너희들 오늘 나한테 잘못 걸렸어."

봉수가 핸드폰을 꺼내 112로 전화를 걸려는 순간 한 놈이 순식간에 발로 봉수의 손을 찼다. 핸드폰이 허공에 날더니 바닥에 떨어졌다. 이어 다른 한 놈이 이단 옆차기로 봉수의 등을 강타했다. 봉수가 맥없이 바닥에 쓰러졌다.

"맞는다고 했잖아. 아저씨…."

봉섭이 봉수를 한번 힐끗 보더니 아이들에게 주먹을 날렸다. 그러자 여럿이 달려들어 봉섭을 공격했다. 봉섭이 맞는 것을 보고 봉수가 아이들을 향해 돌진했다.

얼마 후, 경찰서에 봉수가 아이들과 함께 있다.

"거. 나이도 있으신 분이 아이들하고 주먹다짐이나 하고 어이가 없네."

봉수의 얼굴이 상처투성이다. 코피를 막으려고 화장지가 아무렇게나 길게 꽂혀 있다. 산발에 와이셔츠는 단추가 떨어져 가슴팍이 훤하다.

"아니 그게 아니라요. 얘가 일방적으로 맞고 있어서 제가 어른으로서 말린다는 게, 이건 말이죠. 정말 정당방위에요. 아니 형사님 같으면⋯."

"조용히 하세요! 아무튼 중딩하고 싸우는 게 말이 돼요? 아실 만한 분이. 합의하시죠?"

잠시 후 엄마들로 보이는 사람들이 우르르 경찰서에 들어와 아이들의 얼굴을 만지며 호들갑을 떤다.

"당신이야? 당신이 우리 애를 이렇게 망쳐놨어? 어디 싸울 놈이 없어 애들하고 싸워? 너 자식도 그렇게 교육시키냐?"

"자식요? 자식? 사람을 어떻게 보고. 아직 총각입니다. 내가 어디 봐서 유부남처럼 보여요? 이거 인신공격이에요."

봉수가 자리에 벌떡 일어나 억울한 표정을 지으며 형사와 학부모를 번갈아 봤다.

"뭐 이런 사람이 다 있어? 애들하고 싸워놓고 뭘 잘했다고 큰소리야!"

엄마들이 봉수 멱살을 잡으려 달려들자 형사들이 말린다.

그때 한눈에 보기에도 화장기 진한 아줌마가 경찰서 문을 박차고 봉섭 앞으로 성큼성큼 다가가 다짜고짜 따귀를 때렸다. 주위에 있던 사람들이 아줌마의 위용에 모두 놀라 동작을 멈췄다.

"이봐요? 아줌마들! 이 새끼 고소해서 꼭 감방에 넣읍시다."
아줌마가 껌을 씹으며 봉섭의 뒤통수를 또 사정없이 내리쳤다. 당황한 경찰이 아줌마의 행동을 제지했다.
"여기서 이러시면 안 됩니다. 이 학생 엄마에게도 연락했으니까 곧 올 겁니다. 진정하시고 자리에 앉아 기다리세요."
"내가 애 엄마에요."
"네?"
경찰과 봉수, 아줌마, 학생들이 모두 놀란 표정으로 그녀를 봤다.
"이 새끼! 감방에 집어넣어요."
봉섭 엄마가 의자에 털썩 앉으며 주변을 둘러봤다.
"뭘 봐! 사람 처음 봐요?"
봉섭 엄마와 눈이 마주친 엄마들과 학생들이 기세와 두려움에 저절로 눈을 바닥에 깔았다.

경찰이 어이없다는 듯 고개를 절레절레 흔들더니 이내 무심한 목소리로 봉수를 힐긋 보고 말했다.

"저 아저씨랑 저기 애들하고 같이 패싸움을 했어요."

아줌마가 쳐다보자 봉수가 움찔한다.

"아니, 당신이 봉섭이 하고 한패 먹었어요?"

주위 사람들이 모두 어이없는 표정을 짓는다.

"엄마! 그만해."

봉섭이 못마땅한 듯 엄마를 쏘아봤다.

"쯧쯧! 엄마가 말하는 건 무조건 듣기 싫지? 뭐해요? 처넣을 사람 처넣고, 빨리 집에 가자고요. 아줌마들! 우리 아들은 싹수가 노라니까 감방 넣고 잘난 아들들 잘 키워봐요. 아 참! 혹시 합의금 챙기려고 하는 분은 포기하세요. 이 새끼 감방 넣을 테니까. 합의 없어요."

봉섭 엄마가 껌을 더 게걸스럽게 씹으며 아줌마들을 둘러보며 비아냥거렸다.

"미친 거 아냐? 뭐 저런 엄마가 다 있어?"

아줌마들이 서로 수군거리며 봉섭 엄마를 보다가 눈이 마주치자 애써 시선을 바닥에 떨궜다.

이윽고 봉섭 엄마가 봉수와 눈이 마주치자 일어나 삿대질을 했다.

"애하고 같이 패싸움이나 하고 너 자식 놈도 앞날이 훤하다. 새끼야."

"새끼 새끼요? 이 아줌마 정말 막 나가시네. 그리고 결혼도 안했는데 자꾸 자식 얘기 할 거예요? 내가 그렇게 늙어 보여요?"

봉수가 억울한 표정으로 봉섭 엄마를 쳐다봤다. 봉섭은 여전히 고개를 숙인 채 아무 말이 없다.

늦은 시간, 봉섭과 아줌마가 앞에 서고 봉수가 그 뒤를 따라 걸으며 두 사람 눈치를 살핀다. 경찰서를 나온 뒤 조금 전까지 몰상식하고 사나운 모습을 보였던 봉섭 엄마는 지극히 차분한 모습이다. 봉수가 조심스럽게 말문을 열었다.

"저기 봉섭 어머니! 죄송합니다. 제가 잘 말렸어야 했는데…."

경찰서에서 목소리를 높이던 모습은 간데없이 봉섭 엄마가 봉수를 미안한 얼굴로 본다.

"아니에요. 초면인데 막말하고, 아까는 정말 실례가 많았습니다. 괜찮으세요? 얼굴이 많이 상했는데. 정말 죄송해요. 그리고 봉섭이를 위해 함께 싸워 주셔서 감사해요."

"아닙니다. 누구라도 그 자리에 있었다면 그랬을 겁니다."

봉수가 뒷머리를 긁적이며 애써 웃어 보였다.

"그냥 가라니까 괜히 아저씨가 나서 가지고…."

봉섭이 봉수를 보며 긴 한숨을 쉬었다.

"그냥 너랑 밥 먹고 싶었어. 같이 운동하니까. 그런데. 쟤네들은 너한테 왜 그러니?"

"몰라요. 그냥 생겨 먹은 게 마음에 안 든대요."

"뭐? 그게 말이 되니?"

봉섭이 대답 없이 걷는다. 봉수가 장난스럽게 봉섭의 얼굴을 찬찬히 살피더니 고개를 끄떡인다.

"그래. 평소에 네가 좀 싸가지가 없긴 해."

그 말에 봉섭과 봉섭 엄마가 동시에 째려봤다.

"아! 하하하! 농담이에요, 농담. 아니 미국 영화 보면 극한 상황에서 유머를 하잖아요. 겁나서 무슨 말을 못 하겠네."

봉섭이 고개를 들어 아득한 눈빛으로 먼발치를 바라보며 말했다.

"아저씨! 제가 왜 복싱하는지 아세요? 맞기 싫어서요. 관장님께서 배려해 주셔서 무료로 배우고 있어요."

"그 좁쌀 같은 양반이 무료로?"

"선수하려고요. 쟤네들하고 싸우면 이길 자신 있어요."

"그런데. 왜 맞고만 있었어?"

"관장님하고 약속했거든요. 권투는 곧 수련이고 진정 이기는 모습을 보이고 싶다면 챔피언이 되라고 말이에요. 그때까지 참는 거예요. 주먹을 참는 것도 하나의 수련이라고 생각해요. 좀 있으면 소년체전이잖아요.”

“녀석! 나보다 생각이 더 깊네.”

“그러니까요. 괜히 아저씨가 나서 가지고, 일이 크게 됐잖아요. 엄마한테도 괜히….”

“뭐? 난 네가 혹시나 다칠까 봐….”

봉섭이 봉수를 흘겨보더니 혼자 뛰어간다.

“야! 봉섭아! 그냥 가면 어떡해?”

봉수가 불러보지만, 봉섭은 벌써 저만치 달아났다. 봉수가 뒷머리를 긁적이며 곁눈으로 봉섭 엄마를 조심스럽게 본다.

“죄송합니다. 같이 운동하는데, 제가 어설프게 끼어들어서…나이값도 못하고. 그럼 이만.”

봉섭이 공손히 목례를 하고 발길을 돌리는데, 봉섭 엄마가 부른다.

“저기요! 아까는 정말 미안합니다. 괜찮으시면 저랑 술 한잔하실래요?”

순댓국집에 봉수와 봉섭 엄마가 마주하고 앉아 있다. 날씬한 몸매에 짧은 미니스커트와 붉게 칠한 입술이 매력적이다. 봉수가 시선을 어디 둘지 몰라 자꾸 사방을 두리번거린다.

“한잔하세요!”

봉수가 그녀의 카리스마에 눌려 우물쭈물 두 손으로 공손히 술잔을 받는다.

"편하게 받으세요."

"아, 네!"

봉섭 엄마가 술잔을 들이키더니 깊은 한숨을 내쉬었다. 혼자 다시 술잔을 따르더니 들이켰다가 빈 잔을 손가락으로 깔딱거린다.

"좋은 엄마 만났으면 이런 일은 없었을 텐데…."

봉섭 엄마가 또 술을 따르고 들이켰다.

봉수가 당황하며 안주를 권하지만, 아랑곳하지 않고 연거푸 술을 들이켰다.

"봉섭이는 아빠가 없어요. 봉섭이가 초등학교 4학년 때 교통사고로 죽었어요. 아빠가 있었더라면 지금 봉섭이 모습은 어떨까 생각도 해 봐요. 지금보다는 낫겠죠?"

봉섭 엄마가 혼자 피식 웃더니 또 술을 들이켰다.

"근데, 아까 경찰서에서 봉섭이한테 너무 심하게 한 건 아닌지… 지금 모습하고 너무 딴판이에요."

"후훗! 아! 그거요? 사람들은 참 웃겨요. 약자에겐 한 치의 용서도 없거든요. 강자에겐 한없이 약하지만, 더구나 경찰서에 오면 더 그래요. 고개를 숙이는 순간 모든 잘못은 봉섭이와 아저씨가 뒤집어쓰게 되어 있어요. 그게 인간이에요."

"아! 그래서 일부러 강하게 하셨구나."

봉섭 엄마가 또 소주를 들이켰다.

"더 나올 것이 없다 싶으면 사람들은 에너지를 더 소비하지 않죠. 바닥을 봤으니까요. 결국 그 사람들도 시간 끌어봐야 나올 것이 없으니까 그냥 돌아가잖아요. 전 제 아들을 알아요. 누구보다 폭력을 싫어한다는 것을….."

봉섭 엄마가 또 소주를 들이켰다.

"저기! 외람된 말씀이지만, 말을 하고 나면 꼭 소주를 드시네요. 컨셉인가요?"

"후웃, 제가 그랬나요? 재밌는 분이시네. 어쨌든 오늘 봉섭이 지켜 준다고 고생 많으셨어요. 초면에 실례가 참 많았습니다. 고맙습니다. 참! 그런데 성함이?"

"아, 네. 김봉수라고 합니다."

"봉수? 봉섭이랑 이름이 비슷하네요. 전 권수영이라고 해요."

수영이 조금 비틀거리며 음식점 앞에 서 있다.

"오늘 반가웠어요. 봉수씨!"

"저기 조금 취하신 것 같은데 괜찮으세요?"

"네버! 전혀요. 다음에 또 기회가 되면 봬요."

수영이 비틀거리며 거리를 걷는다. 봉수가 우려스러운 눈길로 수영의 뒷모습을 바라본다. 수영의 뒷모습이 네온 불빛에

흔들린다. 그녀가 시야에서 사라질 때까지 봉섭은 왠지 자리를
떠날 수 없었다.

5. 깊어가는 악연

기만과 건달들이 사라지고, 봉수가 고통스런 표정을 지으며 천천히 종아리를 부여잡고 앉았다. 고개를 들어 하늘을 봤다. 빗방울이 얼굴에 한두 방울 떨어졌다. 이윽고 강렬한 소나기가 얼굴에 마구 쏟아졌다. 빗물이 한껏 달아오른 길바닥을 적셨다.

다음날 만신창이가 된 몸으로 봉수가 출근하자 사무실이 술렁인다.

"아니, 어떻게 된 거예요? 안 그래도 지난번 일 때문에 분위기 뒤숭숭한데…. 과장님! 지금 몰골이 완전히 조폭 수준이에요."

강 대리가 근심 가득한 눈으로 말했다.

봉수가 아무렇지도 않다는 듯 히죽 웃었다. 순간 기만과 눈이 마주쳤다.

"팀장님! 좋으시겠어요. 뜻대로 돼가니까."

봉수가 냉소적인 눈빛을 띠며 말했다.

"이봐! 김 과장! 아직 정신 못 차렸어. 나한테 사과해도 시원찮을 판에…."

"징계 주면 받아야지요. 높으신 상사한테 대들었으니 받을 만

하죠."

기만이 분한 듯 잔뜩 손에 힘이 들어갔다.

"김 과장! 이번 신상품 런칭 계획은 어떻게 됐어?"

"거의 다 만들어 갑니다요."

서류를 훑어보며 팀장을 보지도 않고 천천히 말했다.

"김 과장! 말하는 투가 좀 그렇다?"

"그럼, 제가 바닥에 엎드려서 명령이라도 받을까요?"

"쳇. 하지도 못할 거 입만 나불나불 살아 가지고."

기만이 봉수를 째려보다 신경적으로 돌아앉았다.

그때 봉수가 기만 앞으로 나가 바닥에 무릎을 꿇었다. 주위 동료들이 놀라 일어났다.

"과장님! 왜 그러세요?"

"팀장님이 엎드려서 명령을 받으라고 하잖아. 안 잘리려면 이렇게 해야지. 하늘 같은 팀장님 명령인데."

"아— 팀장님. 이건 좀…."

이 대리가 조바심에 어쩔 줄 몰라 한다.

"팀장님, 신상품 런칭 계획안 곧 만들어 보고드리겠습니다."

다시 돌아선 팀장의 얼굴이 붉어졌다.

"됐죠?"

봉수가 아무렇지도 않은 듯 자리에 다시 앉았다.

강 대리가 분을 참지 못하고 볼펜을 힘껏 책상에 던지고 밖으로 나갔다. 옆에 있던 이 대리도 놀란 입을 막고 난감한 표정을 지었다. 기만이 야비한 미소를 띠며 봉수에게 다가와 귓속말로 조용하지만, 강하게 말했다.

"뭐 하는 짓이야? 미쳤어? 나 엿 먹으라는 거지? 그래. 좋아. 그렇게 꿈틀거려야 밟는 재미가 있지. 혼자 착한 척 굴더니 결국 이런 식으로 쪽을 준다? 버러지 같은 새끼!"

봉수가 지지 않으려는 듯 야릇한 미소를 띠며 기만을 쳐다봤다.

"좋냐?"

봉수의 눈에 살기가 느껴졌다.

기만이 엄지를 세우고 음흉한 미소를 짓더니 말없이 봉수의 어깨를 또 툭 치고 자리를 떴다.

그날 저녁부터 복싱을 대하는 봉수의 태도가 달라졌다. 봉섭과 함께 훈련하며 의지를 불태웠다. 관장도 봉수의 자세를 잡아주며 열심히 가르치고 있다.

그때 김 여사가 찾아왔다.

"아! 김 여사! 어서 와요."

"오잉! 저 양반 되게 열심히 하네. 무슨 일이래요?"

"응. 열심히 하겠다네, 무슨 바람이 불었는지….."

"저 몸에, 저 나이에 대단하네. 봉섭이는 소년체전 준비 잘 되고 있어요?"

"펀치가 좀 약하긴 한데, 의지가 강해. 가능성이 보여요."

"너무 멋지다. 관장님도 한번 그런 대회 나가보죠? 나이가 많아서 안 되나?"

"나이? 나이요? 내가 이래 봬도 왕년에 동양 챔피언까지 먹었던 사람이에요. 지금도 나가면 다 한 방에 보낼 수 있지만, 후배를 위해 양보하는 거죠."

관장의 말에 김 여사가 입을 삐쭉거렸다.

"동양 챔피언은 무슨 얼어 죽을… 저한테 뻥 치시는 거죠?"

관장이 갑자기 흥분하며 서랍 속에서 낡은 사진을 꺼내 든다. 정말 챔피언 트로피를 들고 있는 관장의 모습이 보인다.

"와~ 진짜네요. 관장님 너무 멋있어요. 잠깐만요. 그때도 약간 배가 나왔네요. 선수 배가 이렇게 나와도 챔피언이 될 수도 있나 봐요? 근데 위에 흰 티셔츠는 왜 입고 있어요? 선수는 원래 빤스만 입고 경기하는 것 같던데…."

"아! 그게 내 옆에 요놈 보이지요? 이놈이 동양 챔피언이고 내가 이 선수 코치에요. 내 코치를 받고 얘가 챔피언이 됐다니까요."

김 여사의 얼굴에 실망하는 기색이 역력하다.

"그럼, 챔피언이 아니고 코치? 난 또 챔피언 했다고. 그럼 그렇지. 내 팔자에 무슨 챔피언하고 연애는….”

“김 여사. 그래도 나도 권투 좀 했으니까 이렇게 체육관 차리고 꿈나무를 육성하고 있잖아요.”

“저기요! 봉수씨! 여기 와서 이거 좀 드시고 하세요. 봉섭아! 너도 와서 얼른 먹어.”

김 여사가 관장을 무시하고 봉수를 불렀다. 그러나 둘은 운동에 여념이 없다.

“정말 일내겠다. 일내겠어. 저 눈 봐. 어유. 잡아먹을 기세네.”

김 여사가 걱정스러운 듯 혼잣말을 했다.

팀장과 봉수의 사건은 회사 내에서 빠른 속도로 퍼졌다. 노조에서도 팀장의 징계를 요구하고 나섰다.

기만의 표정이 울그락불그락하다. 전무가 이 팀장을 불렀다.

“이 팀장, 자네 하급자에게 그게 무슨 짓이야? 소문이 안 좋아. 이번엔 일단 지방에 내려가! 적당한 시기에 내가 부를 테니.”

“예? 아니 그 새끼가 먼저 나한테 시비를 걸었다니까요? 상사한테 대들었는데 제가 왜 그런 수모를 당해야 해요. 그놈은요?”

전무가 짜증을 내며 이 팀장의 말을 끊었다.

"야! 절을 왜 받아. 네가 왕이냐? 쯧쯧. 그게 바로 갑질이라는 거야. 노조에서 갑질이라고 아주 난리야. 암튼 그놈도 부서이동이 있겠지만, 지방은 아니야. 이 정도에서 끝내. 당신은 노조가 발목을 잡을 수 있어. 조심해!"

"안 됩니다. 못 내려가요. 전무님, 한 번만 더 기회를 주십시오. 앞으로는 이런 일이 절대 없도록 하겠습니다. 도와주십시오. 전무님 은혜 잊지 않겠습니다."

기만이 무릎을 꿇고 간절한 눈빛을 보냈다. 생각에 잠긴 전무가 검지를 까딱이며 기만을 부른다.

"야! 그게 맨입으로 되냐? 그러려면 뭐가 있어야 내가 사장님한테 어떻게 말을 해 보지?"

"당연하지요. 몇 장 필요하신지…."

전무가 손바닥을 펼쳤다. 기만이 씩 웃으며 "오백?"

전무가 흡족한 얼굴로 뒤돌아 앉았다.

"네. 그렇게 하겠습니다."

전무 방을 나온 기만이 혼잣말로 중얼거렸다.

"시발, 존나 비싸네. 도둑놈!"

흘긋 뒤돌아보는데 전무가 갑자기 문을 열고 나온다.

"뭐해 안 가고?"

기만이 비굴한 웃음을 짓는다.

"네. 이제 막 가려고요. 그럼."

다시 꾸뻑 정중히 인사한다.

사무실에 들어온 기만이 봉수를 한참 본다. 봉수가 눈길 한번 주지 않고 일에 매진하고 있다. 기만이 봉수를 불렀다.

"좋겠다. 사고치고 다른 부서 간다며?"

아무런 반응이 없다.

"내 손에서 벗어나기 위해 나름 치밀하게 준비했어? 이거 다 네 계획이지? 내가 널 좀 우습게 본 거 같아. 어떻게 그런 머리를 쓸 수 있지. 하찮은 인간치고는 대단해. 근데 여기서 네가 이겼다고 생각하면 오산이야. 내가 지방 내려갈 것 같아? 어디 한번 해 보자고. 누가 이기나. 가 봐!"

봉수가 다시 엎드려 인사를 하려 하자 기만이 서둘러 봉수를 잡고 일으켜 세웠다.

"미쳤어? 하지 마!"

"이렇게 하라면서요."

"앞으로 이딴 거 하지 말란 말이야."

"네, 알겠습니다. 팀장님!"

그날 밤, 운동을 마치고 집으로 돌아가던 봉수에게 낯선 남자가 갑자기 길을 가로막았다.

"네가 봉수냐? 완전히 풍뎅이구만. 오동통하네. 복싱 한다

66

며? 야! 그 몸에 무슨 복싱이냐?"

"누구세요?"

봉수가 당황하며 뒷걸음쳤다. 그때 낯선 남자 두 명이 순식간에 뒤에서 나타나 봉수의 팔을 꺾었다. 잠시 후 기만이 나타났다.

"너는?"

기만이 검은 가죽 장갑을 끼며 거들먹거리며 다가왔다.

"내가 아무리 생각해 봐도 분이 안 풀려서….."

"네가 먼저 시작한 일이잖아."

"넌 나한테 원래부터 안 되는 놈이야. 널 처음 본 순간부터 기분이 엿 같았어. 열심히 공부해서 들어왔는데, 너 같은 얼치기랑 입사 동기라는 것이 엄청 자존심 상하더라고. 태초에 인간의 품격 자체가 다른데, 너처럼 착하고 성실하고 인정 많은 척하는 족속들이 난 싫어. 왜냐고? 너무 가식적이지 않니? 넌 대가리에 뭐가 들었어? 야! 세상에 승진을 양보하는 인간이 어딨어? 웃겨. 근데 흙수저 주제에 성실해서 인정받는 것도 못 봐주겠더라. 너 같은 새끼들은 그냥 던져주면 받아 처먹으면서 살아야 해. 천성이 노예니까 욕심이 없잖아. 그냥 천성대로 살아. 기어오르지 말고. 나 원 참! 어이가 없어서. 내가 외모, 학벌, 경제력 어디에도 꿀리지 않는데, 너 같은 새끼한테 승진에서 밀린다는 건 너무 불공평하잖아. 그냥 주면 먹고, 시키면 하고, 너 같은 놈은 그런 운명을 타고난 하찮은 새끼야. 그런 새끼가 주인한테 기어올라?"

봉수가 빠져나오기 위해 반항해 보지만, 기만이 휘두른 복부 한 방에 스르륵 무너졌다. 쓰러진 봉수를 사내들이 양옆에서 다시 일으켜 세웠다. 기만이 다시 한번 그의 복부를 강타하자 봉수가 거친 숨을 쉬며 헐떡거렸다. 쓰러진 그의 얼굴을 손가락으로 툭툭 건드렸다.

"야! 그렇게 살지 마. 넌 내가 있는 한 안 돼. 난 너같이 가진 것 없는 비천한 것들이 내 눈앞에서 알짱거리는 거 아주 싫어해. 봉수야! 그러니까 내 눈앞에서 사라지는 게 낫지 않을까?"

"너나 잘해. 이 비열한 새끼야."

봉수가 기만을 노려보며 말했다. 그 말에 기만의 표정이 일그러지며 봉수의 뺨을 사정없이 날렸다.

"이 새끼! 죽으려고 환장했나. 다시 말해 봐, 새끼야!"

기만이 쓰러진 봉수의 얼굴을 좌우로 사정없이 치자 건달들이 당황해하며 기만을 가까스로 떼어냈다.

"어허~ 그만 해요. 사장님! 이러다 사람 죽어요! 아따 우리 사장님! 듣고 있자니 말도 좀 거시기 하네. 우리 들으라고 하는 소리 같기도 하고. 우리야 돈만 받으면 되지만, 이 더러운 기분은 뭐지?"

대장 건달이 목을 한번 뒤로 제치고 근육을 풀더니 위협적인 자세를 취하며 기만을 노려봤다.

"무슨 말씀을요? 아니 사장님하고 이 새끼는 차원이 다르죠. 봐요. 이 새끼 생긴 것 보면 기분 나쁘게 생겼잖아요."

기만이 당황한 표정으로 건달의 눈치를 보며 얼버무렸다. 순간 대장 건달이 묘한 표정을 지으며 건달들을 보며 말했다.

"아기들아! 우리보다 얘가 더 기분 나쁘게 생겼냐?"

그때 인상이 더러운 건달 하나가 뒷머리를 긁적이며 말했다.

"아니, 형님이 훨씬 더 기분 나쁘게 생겼습니다."

"뭐여? 이 새끼가!"

"죄송합니다. 형님!"

대장 건달이 손으로 머리를 때리려 하자 건달이 고개를 숙였다.

"암튼, 우리가 분발해야 허. 우리가 더 기분 나쁘게 생겨야 영업이 될 거 아녀?"

그때 건달 한 명이 봉수의 몸 상태를 살피는데 아무 미동도 없다.

"뭐야? 이거 죽은 거 아냐?"

기만이 서둘러 다가와 봉수를 흔들었다.

"야! 엄살 떨지 마! 새끼야. 일어나!"

똘마니 건달이 기만을 밀치고 조심스럽게 코 밑에 귀를 댔다.

"형님! 정말 뒤져버렸는가 본디요. 아! 이거 똥 밟았다."

대장 건달이 놀라 다급히 가슴에 얼굴을 묻고 심장 소리를 들으려고 몸을 굽혔다. 그때 봉수가 한꺼번에 거친 숨을 몰아쉬며 몸을 뒤척였다. 기만과 건달들이 그제야 일제히 안도의 한숨을 쉰다.

"아~ 식겁이야! 진짜 죽은 줄 알았네. 다행이다, 다행. 일이 커지는 줄 알고 깜짝 놀랐네."

봉수의 상태를 확인한 대장 건달이 기만에게 눈을 흘기며 다가갔다.

"어이! 좀 살살해요. 이러다 사람 죽어요. 죽으면 어쩌려고 그래? 이거 돈을 쪼까 더 주셔야 되겠는디. 그 뭐야? 그래 위험 수당. 그걸 좀 받아야 할 거 같아."

기만이 초조한 눈빛을 감추지 못한다. 기만이 알았다는 듯 고개를 끄떡인다.

"갑시다. 이 정도면 됐죠?"

대장 건달이 주위를 살피더니 발걸음을 옮겼다. 분을 참지 못한 기만이 발로 봉수의 종아리를 걷어차고 발로 짓이겼다. 봉수가 비명을 지르며 종아리를 부여잡고 고통스러워했다. 비명 소리에 놀란 대장 건달이 서둘러 다가와 기만의 팔꿈치를 낚아챘다. 기만이 아직 분이 풀리지 않았는지 쓰러진 봉수의 얼굴에 침을 뱉었다.

"아따 사장님! 징하게 심하네. 고만해. 죽어."

기만과 건달들이 사라지고, 봉수가 고통스런 표정을 지으며 천천히 종아리를 부여잡고 앉았다. 고개를 들어 하늘을 봤다. 빗방울이 얼굴에 한두 방울 떨어졌다. 이윽고 강렬한 소나기가 얼굴에 마구 쏟아졌다. 빗물이 한껏 달아오른 길바닥을 적셨다.

얼마 후 봉수가 머리에 붕대를 감고 병원에 누워 있다. 옆에 봉수 어머니가 신세를 한탄하듯 한숨을 쉬고 있다. 어색한 침묵이 병실 안을 잠식했다. 정적을 깬 것은 형사인지 조폭인지 헷갈리는 깍두기 머리의 체격 좋은 형사다. 어젯밤 누군가가 연락을 한 모양이다.

"강서경찰서 김형배입니다."

다짜고짜 봉수의 얼굴에 자신의 얼굴을 대고 상태를 살핀다.

"아구! 이거 많이 다치셨네. 눈도 많이 부었고. 이 정도면 뭐 마음잡고 팼는데요. 아주 날을 잡았어요. 평소 원한 관계에 있는 사람이 있습니까?"

"이기만이라고 우리 팀장이 저지른 일입니다."

"예? 팀장이라면 직속상관 아닙니까? 에이 설마, 상사면 다른 방법으로도 얼마든지 괴롭힐 수 있을 텐데… 이런 방법까지 쓰면서 그러겠어요?"

"형사님! 정말 팀장 그 새끼가 그랬다니까요."

봉수가 분을 참지 못하고 자리에서 일어나려다 통증 때문에 다시 누웠다.

"아따 한 성깔 하시네요. 근데 상사와 원래 사이가…."

그때 기만과 동료들이 병실로 허겁지겁 들어왔다.

"김 과장! 괜찮아? 어떻게 된 거야?"

"과장님! 괜찮으세요?

기만과 동료들이 걱정스러운 눈빛으로 봉수를 봤다.

"형사님! 바로 이 새끼에요. 날 이렇게 만든 놈이."

봉수가 기만을 향해 눈을 부릅뜨며 일어나려다 고통을 호소하며 다시 침대에 드러누웠다.

"강서경찰서 강력계 김형배입니다. 이기만 팀장님 되시나요? 이 분이 가해자로 선생님을 지목하셨는데, 사실입니까?"

"예? 김 과장. 왜 그래? 무슨 소릴 하는 거야?"

"어제 날 때린 게 너잖아? 똘마니들하고."

"무슨 소리를 하는 거야. 내가 김 과장하고 좀 그런 일이 있었지만, 그렇다고 몰지각하게 자네를 이렇게까지 했다고? 김 과장, 너무 나한테 심하지 않아?"

"뭐라고? 이 새끼가 또 거짓말을!"

봉수가 자리에서 일어나려 하자 경찰이 말린다.

"자자! 두 분 다 신원이 일단 확실하고 아직 치료가 우선이니까 퇴원하시면 경찰서에 한 번 들러주세요. 자, 그럼!"

"봉수야! 정신 차려! 에구! 팀장님! 죄송합니다. 이놈이 미쳤나 보네요. 팀장님한테 욕을 다하고. 부모가 돼서 정말 정말 죄송합니다. 제가 다 잘못 가르친 탓입니다. 용서하시고. 우리 아들 어떻게 하든지 회사에 남아 있게 해 주세요. 팀장님!"

봉수 어머니가 팀장의 옷자락을 잡고 고개를 연신 숙이며 사과한다.

"좋냐?"

봉수가 기만을 올려 본다. 기만의 입가에 살짝 미소가 번지다 이내 안타까운 표정으로 변한다.

"김 과장, 무슨 말을 그렇게 해. 어서 기운 차리고 일어나. 나도 걱정돼서 온 거라고."

기만이 봉수 어머니를 보며 세상에서 가장 친절한 얼굴로 말했다.

"어머니! 걱정하지 마세요. 우리 김 과장은 회사에 없어서는 안 될 중요한 인재입니다. 회사생활도 정말 열심히 잘 생활하고 있으니까 너무 걱정하지 마십시오. 제가 잘 챙기겠습니다."

"아구! 팀장님! 고맙습니다. 이렇게 좋으신 팀장님인데 애가 미쳐도 단단히 미쳤구먼요. 팀장님, 죄송합니다. 어야던지 우리 봉수 잘 부탁드립니다."

봉수 어머니가 연신 고개를 숙이며 사과했다.

봉수 어머니의 두 손을 잡고 깍듯이 인사를 마친 기만이 손목 시계를 잠시 보고 봉수에게 다가가 한껏 미소를 띠고 말을 건넸다.

"자! 미팅이 잡혀서 이제 가봐야 할 것 같아. 김 과장! 빨리 회복하고, 건강한 모습으로 회사에서 보자고! 그럼, 전 이만 가보겠습니다."

어머니에게 깍듯이 인사를 하고 기만이 떠나는데, 봉수가 베개를 던진다.

"야, 이 개만도 못한 놈!"

"봉수야! 팀장님한테 이게 무슨 짓이야."

"괜찮습니다. 어머니! 정신적인 충격이 커서 그럴 수도 있습니다. 금방 좋아질 겁니다. 그럼, 저는 이만!"

이 대리와 강 대리가 봉수와 기만의 눈치를 보다가 기만을 따라 나간다.

"엄마도 날 못 믿어? 저 새끼라고! 아— 정말 미치겠네."

봉수가 울상이 되어 자신의 머리를 쥐어뜯는다. 그런 봉수의 모습을 어머니가 자신의 가슴을 치며 근심 가득한 눈으로 본다.

며칠 후, 봉수가 목발을 짚고 사무실에 나타났다. 기만이 부리나케 일어나 봉수에게 달려갔다.

"괜찮아? 좀 더 쉬지?"

봉수가 기만을 흘겨보며 애써 분을 삭이듯 보란 듯이 큰소리로 대답했다.

"네! 네! 팀장님 덕분에 많이 좋아졌네요!"

"내가 걱정을 하긴 했지만, 김 과장이 괜히 쓸데없는 이야기를 해서 경찰서에 왔다 갔다 하느라고 고생은 좀 했지."

기만이 과하게 안타까운 표정을 지으며 말을 이어갔다.

"근데 어떡하지? 출근하자마자 이런 소식 전해서… 그런데 김 과장 여수 지사로 발령 났어."

"뭐?"

"그럼, 넌?"

"또 또 또! 그런다. 성질머리 하고는 또 반말이네. 김 과장! 여기 회사야. 이제 그만하자."

"과장님이 팀장님 대신에 지방 아무 데나 가겠다고 전무님한테 말씀하셨다면서요. 과장님도 참! 왜 그런 말씀을 하셔서… 수도권이라도 있게 해 달라고 하시지."

옆에 있던 강 대리의 목소리에 안타까움이 묻어났다.

"무슨 말이야. 그게? 내가 전무님한테 그렇게 말했다고?"

봉수가 어이없는 표정으로 기만을 쳐다봤다. 기만이 봉수의 등을 토닥거리며 비아냥거리듯 말했다.

"김 과장, 아무튼 고마워. 내가 내려가야 하는데. 김 과장이 자진해서 지방에 간다니. 나도 그 소식 듣고 깜짝 놀랐어. 김 과장이 나를 그렇게까지 생각하고 있는 줄 몰랐어."

화가 난 봉수가 목발로 일어서려다 통증을 느끼며 제풀에 쓰러졌다. 쓰러진 봉수를 일으켜 세우며 기만이 귓가에 속삭였다.

"병신 같은 새끼 크크크!"

봉수가 그를 째려보다가 이내 고개를 떨구었다.

"강 대리! 김 과장 좀 도와줘! 개인 사물함 챙기는 것도 도와주고. 이거 뭐 몸이 이래서 환송식도 못할 것 같고. 참 안타깝네. 부임 일자가 언제지? 다음 주 월요일인가? 김 과장 연차 쓰면서 좀 쉬어."

봉수가 체념한 채 천천히 일어나 목발을 짚고 힘없이 사무실을 나간다. 강 대리가 부축하려고 하자 봉수가 뿌리친다.

"그래, 좀 더 쉬어. 강 대리는 김 과장 휴가 좀 올려주고."

뒤돌아서는 봉수 뒤로 기만의 활기찬 목소리가 들려온다. 그의 뒷모습이 쓸쓸하기만 하다.

6. 지방 발령

"당장 나개 나이 처먹고 고작 주먹으로 사람 죽이려고 권투를 해. 나개
새끼야! 내가 양아치 키우려고 체육관 하는 줄 알아? 너 같은 놈은 여길
나올 필요도 없어."

　체육관에 목발을 짚고 온 봉수를 보고 관장이 놀란다. 봉섭도
하던 운동을 멈추고 봉수에게 달려왔다.

　"어떻게 된 거야?"

　"아— 당분간 운동 못 할 거 같아요. 관장님!"

　"아저씨. 맞았죠?"

　"… ."

　"어쩌다 이렇게 됐어?"

　"… ."

　봉수가 관장의 말을 애써 외면하며 봉섭을 본다.

　"넌 운동 잘 돼 가냐? 그러고 보니 며칠 안 남았네."

　"열심히 하긴 하는데, 아저씨 맞고 다니지 마세요."

　"녀석, 맞기는 무슨… ."

　그때 체육관에 들어 온 김 여사가 봉수를 보고 호들갑을 떤다.

"어머머머, 봉수씨! 어떻게 된 거예요? 세상에… 당신이 이렇게 만들었어?"

관장이 당황하며 손사래를 친다.

"어머머머, 얼굴하고 다리하고 몰골이 말이 아니네. 누구에요? 도대체 어떤 새끼가……. 어머머머 내 정신 봐. 어떤 놈, 아니 어떤 사람이 이렇게 했어요?"

"새끼 그래도 괜찮아요. 그놈은 인간쓰레기니까."

봉수의 눈에 살기가 느껴진다.

"어허, 이 사람! 이거 눈 보니까 사람 잡겠구먼. 그런 식이면 너한테 운동 못 가르쳐!"

"그 새끼 죽여 버릴까 봐요."

그 말에 관장이 정색하며 봉수를 봤다. 관장의 얼굴이 분노로 가득하다.

"당장 나가! 나이 처먹고 고작 주먹으로 사람 죽이려고 권투를 해. 나가! 새끼야! 내가 양아치 키우려고 체육관 하는 줄 알아? 너 같은 놈은 여길 나올 필요도 없어. 나가! 새끼야!"

"엄마야! 이게 무슨 일이래. 봉수씨 괜찮아요?"

김 여사가 봉수의 어깨를 잡고 달래자 급기야 어린아이처럼 엉엉 운다.

"놔둬요. 저런 놈을 가르쳤다니. 완전 미친놈이네."

잠시 후 봉수가 실없이 웃었다.

"히히히, 관장님. 이제 저 나오라고 해도 못 나와요. 여수로 내려가요."

창문을 보며 분을 삭이던 관장이 고개를 돌려 물었다.

"그건 또 무슨 소리야? 여수는 왜?"

"팀장 때문에 쫓겨나요. 이 상처도 다리 부러진 것도 그 새끼와 똘마니들이 그랬는데, CCTV도 없고 목격자도 없고, 경찰도 내 말 믿어주지 않고, 내가 왜 이렇게까지 피해를 봐야 해요? 잘못한 건 그 새끼인데….."

"와~ 진짜 나쁜 놈이네. 도대체 글마가 너한테 왜 그러는데? 내가 손 한번 봐줄까?"

관장이 벌떡 일어나 주먹을 쥐고 정의를 구현하는 영웅처럼 의미심장한 눈으로 주변을 둘러봤다. 일시에 정적이 흘렀다. 정적을 깨트린 건 김 여사다. 등짝에서 울리는 찰떡 같은 소리와 함께 관장이 괴로움에 몸부림치며 몸을 빌빌 꼰다.

"관장님, 정신 사나워요. 됐고요. 그 팀장은 봉수씨한테 왜 그런데요? 이유나 함 들어봐요."

봉수가 그간 있었던 일을 격렬하게 토하자, 관장과 김 여사가 믿기지 않는다는 표정으로 경청하며 맞장구를 쳤다. 결국 감정에 북받친 봉수가 분을 참지 못하고 통곡한다.

"야! 봉섭이 본다. 그만 울어."

관장이 봉수의 등을 다독거리며 조용히 말했다.

"내가 정말 억울하고 분해서 미쳐 버릴 것 같아요. 엉엉엉."

봉수가 혼자 난리법석이다. 관장과 김 여사, 봉섭이 팔짱을 낀 채 그런 봉수를 안쓰럽게 보고 있다. 얼마나 울었을까? 정신을 차린 봉수가 눈이 충혈된 채 주위를 둘러봤다. 세 명이 넋을 잃고 봉수를 보고 있다.

"다들 왜 그래요? 그 눈빛, 표정은 뭐예요?"

"너 하는 짓이 하도 같잖아서⋯."

관장의 눈동자에 초점이 없다.

"심하다."

봉섭이 어이없다는 듯 고개를 좌우로 흔들며 샌드백 쪽으로 걸어가 괜히 주먹으로 밀었다가 튕겨 나온 샌드백에 몸을 맞고 혼자 휘청거린다.

"아직 애네, 애야. 저러니 아직 장가도 못 가고 저 모양이지."

김 여사도 깊은 한숨과 함께 일어나 밖으로 나간다. 봉수도 무안했는지 눈치를 보며 슬그머니 일어나 체육관을 나갔다.

7. 내게도 사랑이

수영이 두 손을 꼭 쥔 채 눈을 감고 기도한다. 2라운드 공이 울리고 봉섭의 발걸음이 무거워 보인다. 상대 선수를 향해 힘껏 팔을 내 뻗는 순간 스트레이트가 봉섭의 왼쪽 얼굴을 강타한다. 봉섭이 그대로 쓰러진다.

6개월 후 소년체전이 열리는 수원의 한 체육관에 봉수가 나타났다. 대기실에서 봉섭이 열심히 몸을 풀고 있다. 봉섭이 봉수의 손을 잡고 반겼다.

"아저씨! 다리는 괜찮아요?"

"그럼. 너 오늘 준결승이 열린다고 해서 구경 왔지?"

"야! 난 투명 인간이냐?"

봉수의 머리를 치려고 올라오는 관장의 손이 가볍게 비껴간다.

"어쭈!"

바로 반대편 손이 올라 오지만 이번에도 피하더니 어느새 봉수의 주먹이 관장의 옆구리에 와 있다.

"관장님, 실제였으면 지금 다운인 거 아시죠?"

"와- 아저씨 많이 늘었다. 배도 쏙 들어가고, 다른 사람 같아요."

"늘긴 뭐가 늘어. 어서 연습이나 해!"

관장이 괜한 심통을 부린다.

"어디서 배웠어?"

"발령지 여수지 어디겠어요? 거기가 관장님보다 훨씬 더 잘 가르치던데요. 봉섭아! 너도 빨리 이 체육관 때려치우고 제대로 된 체육관에 다녀."

"뭐야? 이놈이."

관장의 주먹을 봉수가 요리조리 잘도 피한다.

"휴! 힘들다. 많이 늘었네. 아직도 여수에 있어?"

"간 지 얼마 됐다고….."

그때 수영이 다가와 인사한다. 오늘은 봉수를 처음 만났던 날과는 많이 다르게 수수한 옷차림이다.

"누구신지?"

관장이 조심스럽게 묻는다.

"봉섭이 엄마에요."

"아! 수영씨? 안녕, 안녕하세요?"

봉수가 그때와 확연히 다른 수영의 단아한 옷차림에 말을 더듬는다.

"두 분이 어떻게 아는지? 너 봉섭이 엄마 아니?"

"아! 네. 일전에 한 번 뵌 적이 있어서, 잘 지내시죠?"

수영이 살포시 머리를 넘기며 겸연쩍게 웃었다. 관장이 어색한 분위기를 깼다.

"그 팀장인가 하는 사람하고는 어때?"

봉수가 관장의 말을 무시하고 봉섭에게 시선을 돌렸다.

"봉섭아! 오늘 이길 것 같냐?"

"그야 붙어봐야 알지요."

"근데. 이놈은 내가 무슨 말을 하면 씹어? 너 정말 나한테 죽을래?"

봉수가 관장의 말을 무시하고 다시 봉섭을 향해 말한다.

"관장님한테 배운 대로 하면 꼭 이길 거야."

"아이고. 병 주고 약 주네. 실컷 갖고 놀아라."

"아저씨도 응원해 줄 거지요?"

"물론. 넌 반드시 이길 거야. 꼭 이긴다고 굳게 믿는다면 반드시 이길 거야."

"할 수 있지?"

"네. 최선을 다할게요."

"그래. 바로 그거야. 파이팅!"

수영이 그런 봉수를 따뜻한 시선으로 바라본다.

드디어 준결승전이 시작되는 안내방송이 나오고 봉섭이 링에 올라선다. 빼빼 마른 봉섭에 비해 상대는 한눈에 보기에도 다부지고 날카롭게 보인다.

드디어 공이 울리고 가벼운 펀치가 오간다. 그러나 그것도 잠시 상대 선수의 날카로운 잽이 봉섭의 얼굴을 사정없이 파고든다. 코너에 몰린 봉섭이 빠져나오기 위해 애를 쓰지만 여의치 않다.

"옆으로 빠져! 봉섭아! 가드 올리고, 정신 차려!"

관장과 봉수가 주거니 받거니 서로 코치하느라 정신이 없다. 고작 1회전인데 봉섭이 코너로 몰린다. 코너에 몰려 정신을 못 차리고 곧 쓰러지려는 찰나에 공이 울린다. 관장의 얼굴에 안도의 한숨이 터져 나왔다.

"봉섭아! 괜찮아. 아직 2라운드가 남았잖아."

봉섭이 연신 거친 숨을 몰아쉬며 힘들어하는 기색이 역력하다.

"이제 시작이야. 배운 대로 하면 돼. 힘내. 파이팅!"

관장과 봉수가 연신 주문을 한다. 수영이 두 손을 꼭 쥔 채 눈을 감고 기도한다. 2라운드 공이 울리고 봉섭의 발걸음이 무거워 보인다. 상대 선수를 향해 힘껏 팔을 내 뻗는 순간 스트레이트가 봉섭의 왼쪽 얼굴을 강타한다. 봉섭이 그대로 쓰러진다.

고깃집에 봉섭이 침울한 얼굴로 앉아 있다.

"괜찮다. 괜찮아. 어서 먹어라. 그동안 고생했는데. 준결승까지 간 것만 해도 굉장히 잘한 거야."

봉수가 구운 고기를 집어 봉섭의 접시에 연신 놓는다.

"잘하기는. 개코나. 그게 뭐고? 맥없이⋯."

관장이 심통이 난 듯 봉섭을 나무란다.

"열심히 싸운 애한테 말하는 것 보소. 옆에 어머니도 계신데⋯. 봉섭아! 신경 쓰지 말고 많이 먹어."

봉수가 관장을 못마땅한 눈으로 흘깃 본다.

"맞아. 엄마도 네가 준결승전 간 것만으로도 너무 대견해."

관장이 두 사람을 번갈아 보며 어이없는 표정을 짓는다.

"소리만 빽빽 지르는 지도자와 열악한 체육관에서 준결승까지 간 것만 해도 기적이야, 기적!"

봉수가 고기를 집어 먹으며 관장이 들으라는 듯 혼잣말을 한다.

"뭐 빽빽? 야! 너 말 다 했어?"

삿대질까지 하며 관장이 봉수에게 역정을 내는 순간 관장의 입에 고기 한 무더기가 들어갔다. 봉수가 순간을 놓치지 않고 고기쌈을 밀어 넣은 것이다. 입에 들어간 고기 때문에 관장이 또 말을 하려다 못하고 꾸역꾸역 고기를 삼키기 바쁘다.

"봉섭아! 많이 먹어. 내년에 또 있잖아? 맨날 이기면 그것도 재미없어. 안 그래요. 관장님?"

관장이 간신히 고기를 삼키고 말을 하려는 순간 옆에 김 여사가 또 고기를 입에 넣는다.

"그래요. 우리 관장님 오늘 애 기죽이지 말고 많이 드세요. 호호호!"

관장이 무슨 말을 하려고 했지만, 입에 잔뜩 들어간 고기 때문에 씹기 바쁘다.

"관장님! 맛있지요. 많이 드세요. 오늘은 제가 쏩니다."

봉수의 말에 관장이 쌈을 문 채 엄지를 치켜세우며 반색했다. 그 모습을 보며 함께 있던 사람들이 모두 크게 웃었다.

"오늘 봉섭이 열심히 잘 싸웠어요. 많이 격려해 주세요."

"네, 고맙습니다. 이렇게 많이 챙겨 주셔서 감사해요."

"별말씀을! 그런데 오늘 보니 수영씨도 그때랑 많이 달라 보이네요. 지금이 훨씬 나아요. 하하하!"

봉수가 뒷머리를 긁적이며 고기를 집어 수영의 앞접시에 올려놓는다. 수영이 부끄러운 듯 볼을 붉힌다.

"봉수씨도 지금 훨씬 좋아 보여요."

"그땐, 제가 초면에 많이 실례를 범했어요. 죄송해요."

"아니요. 무슨 말씀을요."

봉수와 수영이 정답게 이야기하는 모습을 식탁에 모인 세 사람이 의아한 눈빛으로 보고 있다. 그제야 눈치를 챈 봉수와 수영이 빤히 세 사람을 둘러본다.

"근데, 왜 우릴 그렇게 쳐다봐요? 뭐 묻었어요?"

봉수가 얼굴을 쓰다듬으며 퉁명스럽게 관장에게 묻는다.

"아냐 아냐. 그냥 둘이 넘 다정하게 이야기해서…."

"에구. 관장님도…."

"아이고, 고기 먹다가 죽는 줄 알았네."

관장이 화제를 전환하려는 듯 목을 잡고 헛기침을 했다.

"봉수씨도 엄청 많이 변했어요. 배도 쏙 들어가고 살을 빼니까 훨씬 좋아 보여요. 지방으로 가서 섭섭했는데. 이렇게 멋진 모습을 보니 참 좋네요."

김 여사가 봉수를 한껏 추켜세웠다.

"아까 내 주먹도 피하고 제법 날렵하던데. 운동 많이 했나 봐?"

관장이 된장국에 숟가락을 갖다 대며 무심하게 묻는다.

"네. 퇴근하고 바로 체육관으로 가서 했죠."

"그래? 그래서 뭐 하려고? 그 친구 이제 본격적으로 두들겨 패려고?"

"그럴까요?"

관장이 입으로 가던 쌈을 잠시 내려놓더니 봉수를 떨떠름한 표정으로 본다.

"아이고! 농담이에요, 농담."

이내 안심한 듯 관장이 한눈에 보기에도 제법 두툼한 쌈을 입 안으로 쑤셔 넣는다. 잠시 후 먹었던 고기가 갑자기 목에 걸렸 는지 관장이 또 목을 부여잡고 캑캑거린다. 화들짝 놀란 김 여 사가 오두방정을 떨며 관장의 등짝을 사정없이 내리쳤다. 얼마 나 세게 맞았는지 관장이 몸을 꼬더니 급기야 필사적으로 몸을 피하다가 이내 붙잡히고 여지없이 그녀의 매서운 손이 사정없 이 등짝으로 날아든다. 가까스로 고기를 넘긴 관장이 시름시름 앓아가는 소리로 애걸한다.

"아! 김 여사, 그만해 그만해! 삼켰어. 괜찮아 괜찮아."

"괜찮아요? 좀 천천히 드시지. 잘못되는 줄 알고 놀랐잖아 요. 내가 정말 당신 땜에 못살아."

김 여사의 눈에 원망과 상심이 가득하다.

봉수와 수영, 봉섭이 오버하는 관장과 김 여사를 멍하니 본다.

"정말, 좋아하나 보다?"

봉수가 홀린 듯한 표정으로 무심히 뱉는다.

봉수의 말에 관장과 김 여사가 서로를 바라보다 겸연쩍은 듯 조용히 자리에 앉는다. 관장이 두 사람 눈치를 보며 툴툴거리며 말했다.

"뭐? 자기들도 그런 것 같구먼."

"네?"

봉수와 수영이 놀란 표정으로 동시에 대답하며 손사래를 치며 관장을 바라보자 관장이 오히려 더 당황스러운 표정을 짓는다.

"아니면 아니지. 뭐 그렇게 놀라? 아님 말고."

이내 관장이 다시 근엄한 자세를 잡고 화제를 돌린다. 봉수와 수영이 서로를 보며 민망해한다.

"복싱도 무도 가운데 하나야. 심신을 수련하는 무도란 말이야. 알지?"

"그럼요. 관장님이 강조하는 말씀이잖아요. 명심하고 있습니다. 참! 관장님! 저 신인왕전 나가려고 합니다."

"그 나이에 신인왕전을 나간다고?"

"도전이죠. 나 자신에 대한 도전. 나의 한계는 어디인가 한번 느껴보고 싶기도 하고. 살면서 간절하게 한 번도 도전해 본 적이 없었던 것 같아요."

"네가 신인왕이 되면 그 팀장이란 놈이 잘못했다고 와서 빌 것 같니?"

"에이. 그 사람이 그럴 위인도 아니지만, 그냥 자신과의 도전이죠."

"근데 봉수야! 넌 나이 제한에 걸려 나갈 수 없어."

"예? 신인왕전에 나갈 수 없다고요? 아. 모처럼 목표를 세웠는데…."

아쉬움이 표정에 역력히 드러난다.

"제가 볼 땐 폼이 좀 좋아지긴 했지만, 나갔다가 다칠까 봐 더 겁나요."

봉섭도 제법 진지한 표정으로 봉수에게 조언했다.

"너도 그렇게 생각하냐?"

"그래, 쟤도 생각하는 걸 너는 왜 못하니? 서울이나 빨리 올라와라! 네가 없으니 심심해."

"진짜요? 사실 나도 체육관이 그리워요. 일단 본사로 진입해야겠어요. 내가 나와야 체육관 재정에도 도움도 될 것 아니에요?"

"아이고, 많이 생각해 줘서 고맙다."

"근데, 관원이 이렇게 없어도 체육관 안 망하고 유지하는 것 보면 신기해요."

"아! 모르셨구나. 관장님이 이 건물 주인이에요."

김 여사가 관장을 보며 야릇한 미소를 짓는다.

"예?"

봉수와 봉섭이 동시에 관장을 본다.

"에이! 김 여사님이 잘못 아셨겠죠? 어딜 봐서 관장님이 건물 주처럼 보여요?"

몇 번씩 관장의 외모를 아래위로 훑어보다가 봉수가 고개를 좌우로 흔든다.

"봉수씨! 무슨 말이에요? 이이가 어때서요. 아이 참 별꼴이야."

김 여사의 화난 표정에 봉수가 당황했다.

"아! 그게 아니라…. 근데 진짜에요?"

관장이 봉수의 머리를 강하게 쥐어박았다.

"그래, 이놈아! 진짜다 진짜."

"우아! 그럼, 부자네. 그럼 오늘 이 고기값은 관장님이 내세요."

"뭐? 이 사람이?"

관장이 봉수를 때리려 하지만 이내 피한다.

"아~ 관장님! 주먹 좀 쓰지 마세요! 확! 고발할까 보다. 혹시 나도 서울 오면 봉섭이처럼 무료로 한번 키워보는 건 어때요?"

"에라. 이 나쁜 놈아! 어디 빼먹을 데가 없어서…."

관장이 봉수를 때리려 하자 요리조리 피한다. 저녁 자리가 한바탕 유쾌한 웃음으로 물들어간다.

그때 봉섭이 핸드폰을 들고 잠깐 밖으로 나가자 봉수가 쪼르륵 쫓아 간다.

"아저씨! 저한테 따로 할 말 있어요?"

봉수가 뒷머리를 긁적이며 머뭇거린다.

"저기 말이야. 봉섭아! 엄마 핸드폰 번호가 어떻게 돼?"

"그건 왜요? 아저씨, 울 엄마 관심 있어요?"

직설적인 봉섭의 말에 봉수가 당황해하며 허겁지겁 손사래를 친다.

"아냐, 아냐. 그냥 알아놓으면 좋을 것 같아서…."

"솔직히 얘기해요. 좋아하잖아요."

"그게 말이야. 그래 쪼금 아주 쪼금 있긴 한데 너무 걱정 마."

봉수가 손가락으로 표시를 하며 봉섭의 눈치를 살핀다.

"안 되겠다. 쪼금 있는 걸로는 전번 못 주죠."

봉섭이 안으로 들어가려 하자 봉수가 서둘러 팔을 잡았다.

"아냐 아냐! 아주 많아. 아주 많이 좋아해."

봉섭이 피식 웃으며 핸드폰을 만지작거린다.

"보냈어요. 우리 엄마 스타일은 아닌데…."

"야! 내가 어때서?"

봉섭이 봉수를 아래위로 훑는다.

"야! 외모로 사람을 평가하면 안 되지! 키 작아서? 그게 뭐 뭐 뭐?"

봉수가 무안한 듯 소리가 커졌다.

"키 작으면 뭐요? 지금 중딩하고 싸우자는 거예요? 잘 보여도 모자랄 판에….”

봉섭이 획 돌아서 나간다.

봉수가 불러보지만, 들은 체도 않고 간다.

"봉섭아! 내 말은 그게 아니고, 잘해 보려고. 저 녀석이….”

애타게 자신을 찾는 봉수의 말을 뒤로 하고 봉섭이 피식 웃으며 식당으로 들어갔다. 핸드폰에 봉섭 엄마의 전화번호가 온 걸 확인하고 봉수가 혼자 허공을 향해 주먹을 휘두르며 성취감에 기쁜 마음을 주체하지 못한다.

8. 본사 복귀

"그래! 이 팀장! 앞으로 서로 협력할 건 협력하고 잘해 보자고."
봉수가 기만이 했던 것처럼 어깨를 툭 치고 사무실을 나갔다. 봉수의 뒷모
습을 보며 그의 표정이 일그러졌다.

　2년 후, 봉수가 사무실을 돌며 인사를 하고 있다. 마케팅팀에
들리자 강 대리가 반갑게 봉수를 맞이한다.
　"아! 과장님! 아니 이제 팀장님이지. 승진 정말 축하드립니
다."
　"아, 강 대리. 아니 강 대리도 과장으로 승진했지. 축하해."
　"저도 축하드려요."
　여기저기 팀원들이 인사를 한다. 봉수가 일일이 악수하며 기
만에게 간다.

　"팀장님! 오랜만입니다."
　못 본 척 모니터를 보고 있던 이 팀장이 애써 얼굴에 웃음을
띠며 봉수를 맞이한다.
　"아! 김 과장, 아니지 이제 팀장 됐다고 했지? 지방에서 승진

하기 힘든데. 능력이 대단해! 축하해."

"이게 다 팀장님 덕분이죠. 앞으로 많은 지도편달 바라겠습니다."

"뭐− 내가 선임자로서 가르쳐 줄 게 있으면 가르쳐 줘야지. 내 밑에서 근무하던 직원이 승진하면 이런 기분이구나. 좋아. 홍보팀장이라고 했나? 마케팅이 선임 부서인 거 알지? 앞으로 잘해 보자고. 그래 가서 일 봐. 내가 좀 바빠서 말이야."

봉수의 눈이 파르르 떨렸다. 애써 미소를 띠며 기만에게 가까이 가서 말을 건넨다.

"기만아! 난 이제 잊었어. 옛날에 너하고 그런 관계 갖기 싫어. 우리 앞으로 잘 지내자."

"하하하! 이거 왜 이래? 김 팀장. 나도 너한테 악한 감정 없어."

"그래! 이 팀장! 앞으로 서로 협력할 건 협력하고 잘해 보자고."

봉수가 기만이 했던 것처럼 어깨를 툭 치고 사무실을 나갔다. 봉수의 뒷모습을 보며 그의 표정이 일그러졌다.

'안 돼. 내 앞에서 얼쩡거리면 안 돼. 저 새끼가 어떻게 승진을 했지? 무조건 막았어야 했는데, 지방에 있다고 너무 방심했어.'

무심코 혼잣말을 하던 그의 손이 부르르 떨리더니 갑자기 자신의 책상을 꽝 쳤다.

볼펜을 돌리던 강 과장이 놀란 나머지 볼펜을 코에 틀어박고 만다.

그날 오후, 봉수가 체육관에 나타났다.

봉섭을 비롯해 서너 명의 학생이 운동 중이다. 관장과 김 여사가 반갑게 맞이한다.

"올라왔어요. 그것도 승진해서요."

"잘했네. 잘됐어."

김 여사가 호들갑을 떨며 반가워한다.

"봉섭아! 너 우승했다며. 그때 못 와서 미안하다. 내 눈으로 봤어야 하는데….”

"괜찮아요, 아저씨. 올라오셨다고요?"

"그래. 그러고 보니 관원들도 좀 있네요?"

"으응– 얼마 전에 봉섭이가 우승하고 관원들이 좀 들어 왔어요."

김 여사가 봉섭을 보며 흐뭇해한다.

"봉섭이 큰일 했네. 관장님 좋으시겠어요?"

"뭐. 이것가지고. 이제 올라왔으니까 체육관 나와야지?"

"그래야죠. 요즘 운동을 좀 게을리했더니….”

"그래도 금방 적응할 수 있을 거야. 쉬엄쉬엄 해! 참 수강료 10% 올랐다."

"예? 시설투자 한 것도 없구먼, 뭔 10%, 너무 비싸. 딴 데 알아 봐야겠네."

"아이고, 쩨쩨하기는 승진도 했다면서... 체육관 경영 정상화 되는 거 봐야지요."

김 여사가 눈을 똑바로 뜨며 곁에서 거든다.

"경영 정상화요?"

"여기가 딴 데보다 10% 쌌어. 물가도 얼마나 올랐는데. 세상 물정 너무 모르시네."

"근데, 김 여사님이 어째 관장님보다 더 열변을 토하시고….."

김 여사의 속사포 잔소리에 봉수가 당황하자 봉섭이 끼어든다.

"두 분 결혼하세요. 내년 봄에."

"뭐야? 이야, 축하해요. 이거 어떻게 된 거예요?"

봉수의 축하에 관장과 김 여사가 겸연쩍은 표정으로 어쩔 줄 몰라한다.

"뭐, 그렇게 됐다. 내가 보통 매력적이냐? 김 여사한테는 가혹한 매력이지. 하하하!"

관장의 어깨가 한껏 부풀어 오른다.

"김 여사님 대단히 어려운 결정 하셨네요. 복 받으실 겁니다."

"이 자식이, 말하는 것 좀 봐라."

관장이 봉수를 때리려 하지만 봉수 요리저리 피하며 즐거운 시간을 갖는다.

9. 또 다른 음모

"꼴에 사장은 무슨. 시키면 시키는 대로 하면 되지. 말이 많아. 저런 것들은 기를 죽여 놔야 일이 편해. 하찮은 것들은 하찮게 대우해 줘야 해. 조금만 기 살려 주면 주면 기어올라. 하찮은 인간들이 너무 날뛰는 세상이야."

봉수 책상에 전화벨이 울린다.

"네, 감사합니다. 홍보팀장 김봉수입니다."

"아, 나 마케팅팀장인데, 잠깐 와 봐!"

봉수가 어이가 없는 표정을 짓는다.

"여보세요? 내 말 듣고 있어?"

"여보세요. 이제 너나 나나 같은 팀장이야. 어디서 오라 가라
해? 답답하면 네가 오든가."

봉수가 전화를 끊어 버린다.

기만의 표정이 일그러졌다가 금새 야비한 미소로 번진다.

봉수 앞에 기만이 섰다.

"많이 바쁜가 봐?"

기만이 건들거린다.

"음, 조금! 할 말 있으면 해 봐!"

보지도 않고 퉁명스럽게 말한다.

"이제 같은 팀장이라 이거네. 전에 넙죽 절까지 했던 놈이."

"놈이? 왜? 시비 걸러 왔어. 난 이제 조용히 살고 싶다. 너 갈 길 가고, 내 갈 길가고."

기만이 서류 뭉치를 던진다.

"이번 신제품 판매 실적이야. 그 옆에 전무님 지시사항 보이지. 내가 판매 실적 높이는 방안을 짜 났으니까 홍보실에서는 이대로 진행하면 돼."

봉수가 지시사항을 읽어본다.

"신제품 판매실적이 저조한 만큼 홍보팀은 마케팅팀장의 지시에 따라 홍보에 박차를 가할 것"

"뭐야? 이거?"

"보는 것처럼. 전무님 지시사항이니까 내가 하라는 대로 해. 먼저 CF모델을 강소희에서 손아라로 바꿔."

"손아라가 누구야?"

봉섭이 기만이 준 서류를 훑어본다.

"어? 미혼이네? 이 제품은 주부들이 가장 많이 사용하는 세제야. 당연히 컨셉이 주부 모델로 가야지. 손아라는 아직 서른 살도 안 된 미혼이야. 인지도도 낮고, 모르는 사람이 더 많을 텐데 그 사람을 모델로 쓴다는 건 말이 안 되지….”

“허허! 내가 이럴 줄 알았어. 거기 지시사항에 뭐라 되었어. 마케팅팀장의 지시를 따를 것, 보이지? 한글 못 읽어? 무슨 말인지 몰라?”

“이렇게 되면 제품과 모델 이미지가 너무 맞지 않는다고. 강소희씨는 우리 회사 브랜드 이미지라고. 그런데 한순간에 모델을 바꾸면 이건 치명적이야. 이 팀장, 이건 정말 아닌 것 같다. 돈이 일이천만 원 들어가는 것도 아니고, 다시 한번 고려해 보자.”

“만드는 건 당신 몫이고. 일단 모델은 손아라로 결정했으니까 그렇게 진행해.”

“아! 이 팀장, 이건 정말 아니다. 다시 한번 생각해 보자 응!”

“이달 말까지 CF제작 완료해서 방송 걸어야 하니까 바쁘게 움직여야 할 거야.”

봉수가 연신 불러보지만, 나가 버린다.

그날 저녁, 전무와 기만이 두 명의 남녀와 함께 일식집에 앉아 있다.

“이번에 도와주셔서 감사합니다. 사실 큰 기대도 하지 않았는데….”

기획사 사장으로 보이는 사람이 전무에게 연신 고개를 조아리며 감사의 인사를 전한다.

"내가 뭐 한 게 있나? 여기 이 팀장이 많이 힘썼지."

"팀장님, 고맙습니다."

"별말씀을요. 열심히 해 보세요, 손아라씨."

기만이 손아라에게 야릇한 미소를 보낸다.

"감사해요, 팀장님."

"그런데, 내가 TV를 잘 안 봐서⋯. 어디서 봤던 것 같기도 한 테, 어떤 프로그램에 주로 출연했나요? 미안해요. 이 팀장이 앞으로 연예계 블루칩으로 떠오를 거라고 하던데⋯."

전무가 고개를 갸웃거리며 기억을 더듬는 듯한 표정을 지었다.

"사랑의 총알, 그 드라마 아시죠? 2년 전 매주 수요일 밤 11시 10분에 하는 프로그램인데, 거기 출연했었어요."

사장이 서둘러 대답하고 긴장한 채 전무의 얼굴을 본다.

"아! 그렇군. 그럼 거기서 어떤 역할을 했나요?"

기획사 사장이 물을 마시며 전무의 눈치를 보며 재빠르게 대답한다.

"네. 그때 여자 주인공 친구 역할로 나왔어요. 주인공하고 단짝이라 상당히 인기를 얻었죠? 팀장님은 아시죠?"

"아, 그럼요. 그 당시 상당히 인기 있는 드라마였죠. 매니아 층도 있었고. 저도 인상 깊게 본 드라마였습니다. 전무님도 아마 한번쯤 본 적 있을 겁니다. 하하하!"

기만이 기획사 사장과 손아라의 눈치를 보며 큰소리로 웃으며 분위기를 고조시킨다.

"그러고 보니 음, 본 것 같네. 봤어. 하하하. 미안해요. 유명하신 분을 몰라봐서 내가 TV를 잘 안 봐요. 11시면 늦어서 일찍 자요. 하하하!"

분명 표정은 잘 모르는 듯한데 김 전무는 호쾌하게 웃으며 애써 아는 체했다.

"연기력과 미모를 갖추고 있어 앞으로가 더 기대되는 유망주입니다. 팬들도 급속도로 많아지고 있어요."

기획사 사장이 궁색한 변명을 늘어놓는다.

"아, 그렇군요. 내가 젊은 사람들은 잘 몰라서….."

전무가 말끝을 흐린다.

"제작은 홍보팀에서 진행합니다. 아마도 손아라씨 캐스팅이 기존에 우리 회사 영업이익과 직결된 거라 많이 신경을 써야 할 겁니다."

이 팀장이 기획사 사장에게 술잔을 따라주며 말한다.

"예. 젊은 주부로서 손아라씨 컨셉이 매일 세제를 쓰는 주부들에게 크게 어필할 수 있을 것으로 봅니다."

"아무튼 이번 건만 잘하면 다음부터 우리 회사 CF모델로 확실하게 자리매김할 수 있으니까 최선을 다해 주십시오."

이 팀장이 기획사 사장한테 다시 한번 당부한다.

"예!"

기획사 사장이 속주머니에서 봉투를 꺼내 전무에게 건넨다.

"이거 얼마 되지는 않지만, 가족들과 함께 해외여행이라도 하십시오."

"뭘 이런 걸…."

전무가 쑥스러운 듯 못 이기는 척 집어넣는다.

"사장님, 오늘 전무님 어렵게 시간 낸 자리니까 확실하게 모십시오."

"하하하! 여부가 있겠습니까? 팀장님. 자, 저랑 한잔 하시죠? 손아라씨 뭐해, 전무님 한 잔 따라드리지 않고?"

"어머, 내 정신 봐. 전무님, 예쁘게 봐 주세요."

"TV에서 보다가 이렇게 가까이 보니 훨씬 미인이네."

전무가 손아라에게 느끼한 눈빛을 보낸다. 이 팀장이 손아라와 의미있는 눈빛을 교환한다.

"감사해요, 전무님. 호호호!"

장소가 바뀌어 한 고급 룸살롱이다. 흥건하게 취한 네 사람이 질펀하게 흐트러져 있다. 손아라가 전무의 품에 안겨 블루스를 추고 있다. 기획사 사장이 노래를 부르고 이 팀장이 연신 술을 마시고 있다. 전무의 손길이 손아라의 엉덩이 쪽으로 흐른다. 손아라가 애써 역겨움을 참는다.

"전무님, 이제 앉으셔서 술 한 잔 하세요."

전무가 아랑곳하지 않고 더 노골적으로 손아라의 몸을 더듬는다.

"전무님도 은근히 손길이 부드러운데요. 호호호!"

손아라가 전무의 귓가에 대고 야릇하게 말한다.

"그래? 우리 오늘 같이 있을까?"

전무의 느끼한 말에 손아라가 전무의 손에서 빠져나온다.

"어머, 전무님 짓궂으시기는…."

이때, 이 팀장이 전무에게 술잔을 권한다.

"전무님! 오늘 화끈하게 드시죠? 그동안 도와주셔서 너무 감사합니다."

"이 팀장, 잘해. 이번 건 사실 걱정이 좀 되긴 하는데. 회장님께서도 좀 갸우뚱했거든. 내가 이 팀장 믿고 확실히 밀어주는 거야. 잘 해야 돼. 오늘 우리 손아라씨를 보니까 좀 맘이 놓여."

"뭐 이왕 계약하는 거 출연료도 선급금으로 지급하죠, 전무님.”

“그건 알아서 해.”

“사장님! 뭐 하세요? 전무님 한 잔 드리지 않고요?”

“아! 네네네. 헤헤헤. 열심히 하겠습니다. 전무님!”

“아! 이거 취하는데….”

전무가 술에 취해 연신 고개를 흔든다.

몇 시간 후 전무가 완전히 뻗은 채 소파에 누워 있다.

이 팀장이 담배를 한 대 물고 기획사 사장에게 명령한다.

“뭐해? 빨리 업고 호텔로 올라가지 않고.”

기획사 사장이 팀장의 반말에 언짢은 표정을 지었다.

“뭘 봐! 어서 업고 올라가!”

“저 아무리 그래도 저한테 반말은 너무….”

기획사 사장이 고개를 치켜들며 궁시렁거린다.

순간 이 팀장의 손이 기획사 사장 뒤통수를 강타한다.

“야! 누가 손아라 우리 회사 모델시켜 줬어. 너야? 가만히 앉아서 돈이나 처먹는 주제에. 왜 꼬아? 나 지금 목숨 걸고 하는 거야. 알아?”

말이 끝나자마자 기획사 사장이 재빨리 일어나 옷을 추스르고 연신 고개를 굽히고 사과한다.

“아! 예예예. 죄송합니다, 팀장님! 제가 생각이 짧았습니다. 바로 업고 올라가겠습니다. 죄송합니다.”

"똑똑히 들으세요. 사장님! 내 명령을 어기면 재미없어요. 알아? 눈치가 저렇게 없어가지고…."

큰소리로 화를 내는 기만의 기세에 눌려 기획사 사장이 서둘러 전무를 부축해서 룸을 나간다. 기획사 사장의 표정이 일그러진다.

"오빠! 우리 사장님한테 무슨 짓이야?"

"꼴에 사장은 무슨. 시키면 시키는 대로 하면 되지. 말이 많아. 저런 것들은 기를 죽여 놔야 일이 편해. 하찮은 것들은 하찮게 대우해 줘야 해. 조금만 기 살려 주면 주면 기어올라. 하찮은 인간들이 너무 날뛰는 세상이야. 신분제가 왜 필요한 지 난 뼈저리게 느낀다. 저런 것들 하고 마주 앉아 술 먹는 것도 역겨워. 봐! 내가 반말해도 끽소리 못하잖아. 대들면 바로 낭떠러지로 밀어버리면 그만이야. 어디서 고개를 빳빳이 들고 대들어? 버러지 같은 새끼가 감히…."

기만이 양주를 들이킨다.

"고생했어."

기만이 손아라를 안는다.

"저 늙은이 때문에 소름끼쳐 죽는 줄 알았어."

"이번 건 잘 되면 한몫 잡는 거 알지? 잘해라. 나하고 관계도 철저히 비밀로 하고."

"알았어. 걱정 마!"

"우리 좀 쉬었다 갈까?"

"그래. 오빠."

이 팀장과 손아라가 호텔로 올라간다.

며칠 후 손아라가 CF촬영 중이다. 신세대 주부 컨셉으로 세제 광고를 하는데 왠지 어색하다.

"감독님! 그림 좀 나오고 있습니까?"

"아- 도대체 모델 선정을 누가 한 거예요? 제품하고 영 이미지가 안 맞아요. 모델 인지도도 떨어지고. 도대체 캐스팅을 이해할 수가 없네요."

"그래도 이왕 이렇게 된 거 최선을 다해 주십시오."

봉수의 얼굴에 근심이 가득하다.

"손아라씨! 좀 자연스럽게 연기해 봐요. 너무 어색하잖아요. 그게 아니라… 아 참! 도대체 저런 애를… 정말 미치겠네. 좀 쉬었다 합시다."

감독의 짜증난 목소리가 점점 높아졌다. 손아라가 힐긋 봉수를 본다.

"저기 죄송한데요. 이번 CF 정말 중요합니다. 많이 힘드시겠지만, 잘 부탁드립니다."

봉수가 예의를 갖추고 정중히 부탁한다.

"지금 최선 다하고 있거든요. 자기가 연출을 잘못하고는 나한 테 짜증이야. 에이 재수없어."

손아라가 봉수를 짜증 섞인 눈으로 흘겨보더니 자리를 뜬 다.

봉수가 촬영장을 나오며 한숨을 짓는데 핸드폰이 울린다.

"여보세요."

"아─ 김 팀장, 난데. 촬영은 잘돼 가?"

"잘 되기는. 어떻게 저런 애를 모델로 써 가지고…."

"왜? 어떤데. 뭐가 잘 안 돼?"

"인지도는 제쳐두더라도 연기도 좀 부자연스럽고, 제품 컨셉 과도 안 맞아서 힘드네. 내가 감독 달랜다고… 아무튼. 미치겠 다."

"김 팀장, 원래 CF가 그런 거야. 열심히 해 봐!"

"이 팀장, 지금이라도 모델 바꾸면 안 돼? 바꾸자 저 사람으 로는 안 돼."

"지금 무슨 소릴 하는 거야. 보고 다 끝난 이야기를 갖고. 모 델은 괜찮은데 네가 소화할 능력이 없어서 핑계 대는 거 같은 데…."

"뭐?"

"맞는 말이잖아. 주변 환경만 탓하잖아. 능력 없으면 지금이 라도 여러 사람 힘들게 하지 말고 퇴사해."

"야! 야! 넌 어떻게 말을 그렇게….".

봉수의 얼굴이 분노로 시뻘겋게 달아오른다. 전화가 일방적
으로 끊어진다.

며칠 후, 회의실에서 간부들이 참석한 가운데 시사회가 열렸
다. 시사회가 끝나자 이 팀장이 큰 박수로 참석자들의 호응을
유도했다. 전무가 박수로 호응하자 다른 간부들도 어정쩡한 모
습으로 호응했다.

"자, 원래 회장님이 보셔야 하지만, 해외 출장 중이기 때문에
여기서 결정하도록 하겠습니다. 허심탄회하게 시사회를 본 느
낌을 말해 주시기 바랍니다."

전무가 간부들을 보며 말한다.

"기존의 CF에 비해 신선한 인물을 모델로 써서 그런지 훨씬
밝아진 느낌입니다. 마케팅 차원에서 봤을 때도 제품의 컨셉을
정확하게 표현했고 타사 제품과 차별성을 강조한 것도 눈에 띕
니다. 더욱이 명랑한 분위기가 젊은 주부들에게 크게 어필해
판매로 이어질 것으로 기대됩니다."

이 팀장이 차분하면서도 강한 어조로 말했다.

"그런데 제가 볼 때는 연기가 좀 부자연스럽고, 특히 모델의
인지도나 이미지가 제품과도 상충하는 면이 있는 것 같아서 판

매로 이어질지 우려가 됩니다."

영업팀장이 조심스럽게 반대 의견을 냈다.

"아니죠. 영업팀장님의 말씀은 마케팅을 모르고 하시는 말씀입니다. 마케팅에서 가장 중요하는 것은 차별화입니다. 고객들은 항상 새로운 것을 원합니다. 세제 같은 제품은 매우 일상적인 제품이라서 광고를 통해 신선한 느낌을 줘야 차별화가 가능합니다."

이 팀장이 반박하자 다른 간부들이 고개를 끄떡인다. 봉수도 이 팀장이 자신의 편을 드는 것 같아 괜히 기분이 좋아졌다.

"그럼, 이번 광고가 나가서 매출로 이어지지 못할 때 책임은 누가 집니까?"

영업팀장이 작심한 듯 질문을 던졌다.

잠시 어색한 침묵을 깨고 이 팀장이 말했다.

"그야 물론 이 CF를 만든 홍보팀에 책임이 있다고 봐야지요. 브랜드에 대한 컨셉을 표현하는 것은 홍보팀의 몫이니까요. 홍보팀장님 그렇지 않습니까?"

이 팀장이 한 발 빼며 봉수를 봤다.

"네? 그렇지만 모델 선정은 이미…."

그때 전무가 봉수의 말을 끊었다.

"자자. 이거 뭐 다 만들어 놓고 벌써 결과가 좋지 않을 거라는 예단과 책임 소재를 들먹이는 것은 옳지 않아요. 여러분 그럼 거수로 합시다. 난 괜찮은 것 같은데. 반대하는 분 손들어 보세요?"

참석한 위원들이 서로의 눈치를 보며 우물쭈물한다. 영업팀장만 손을 들고 나머지는 가만히 있다.

"반대가 1명이네. 음 그럼, 일단 홍보팀장이 열심히 제작했으니까 믿고 CF를 방송하는 것으로 합시다. 이 프로젝트의 전체적인 권한과 책임 모두 홍보팀장에게 맡기고 일이 잘 수행될 수 있도록 홍보팀장에게 큰 박수를 주는 걸 어떨까요?"

영업팀장만이 못마땅한 표정이고 나머지 사람들은 고개를 끄떡이며 박수쳤다. 봉수는 자신에게 모든 권한과 책임이 있다는 말에 당황한 나머지 멍하니 서 있다.

"김 팀장 뭐해? 이렇게 당신을 응원하는데 인사라도 해야지?"

전무의 다그침에 봉수가 마지못해 허리를 숙여 인사한다.

"자. 김 팀장은 열심히 한번 해 보고 책임 문제는 그때 가서 다시 한번 논의하도록 합시다. 이거 잘돼서 김 팀장 실장으로 승진하는 거 아냐? 하하하!"

전무가 봉수와 악수를 하고는 회의장을 나선다.

이 팀장의 얼굴에 비열한 미소가 스치고 지나간다.

10. 뛰는 놈 위에 나는 놈

조직에서 사람은 필요에 따라 도움이 될 때 가치가 있어. 이 모두가 조직에서 헤게모니를 차지하기 위한 싸움이야. 회사의 발전이나 자기 계발 같은 말은 다 헛소리고. 정의와 양심보다 언제나 이익과 욕망이 우선이야. 전부 자신의 이익을 위해 투쟁하는 곳이 회사야."
술잔이 늘수록 김 전무의 개똥철학도 함께 취해갔다.

체육관에서 봉수가 샌드백을 치는데 힘이 없다. 관장과 김 여사가 팔짱을 낀 채 유난히 힘없는 그를 물끄러미 바라보고 있다. 김 여사가 관장에게 눈짓으로 다가가서 물어보라고 채근했다. 김 여사와 실랑이를 벌이던 관장이 마지 못해 일어나 천천히 다가와 물었다.

"왜? 무슨 고민 있나?"

"아니에요. 영 찝찝해서……."

"뭔데. 말해 봐라."

"관장님은 말해도 잘 몰라요. 참 지금 시간이 몇 시죠?"

"8시 30분."

"TV 한번 틀어 봐요. 이번에 새로 나온 우리 제품 광고 나올 시간이에요."

"뭐 광고? 연속극도 아니고 그거 봐서 뭐 하려고?"

"아이참! 빨리 틀어 보세요."

손아라가 광고가 나온다. 세 사람이 심각하게 광고를 본다.

광고를 함께 시청한 후 봉수가 김 여사에게 물었다.

"글쎄. 뭐 세제는 우리 같은 주부들이 많이 사용하는데. 저래 젊은 애가 나오니까 좀 생뚱맞긴 하네. 그리고 저 모델은 누구에요? 처음 보는데…….."

김 여사가 봉수를 빤히 쳐다본다.

"그래, 그 여자 참 싸가지 없게 생겼네. 도통 집안일하고는 거리가 멀 것 같은데……."

봉수의 얼굴에 근심이 감돈다.

며칠 후, 봉수가 전무 방에 불려 올라간다.

"도대체, 이게 뭐야. 판매 실적이 오히려 광고 안 나갈 때보다 더 감소야. 어떻게 된 거야? 회장님께서 난리야, 난리."

"모델 선정은 제가 한 게 아니라 전무님이……."

"이 사람이 지금 무슨 소릴 하는 거야. 내가 언제 모델 선정을 했다고 그래?"

"이 팀장이 결정됐으니까 하라고……."

"내가 그렇게 하라고 하는 거 봤어? 이 사람 이거 아주 나쁜 사람이구만. 책임을 전가하고."

"그때 결재판에 전무님이 마케팅팀장의 지시를 받으라고 사인을 하셨는데….”

“자네가 이 팀장 직원이야? 팀장급이면 소신이 있어야지. 하
라는 대로 하는 게 간부야? 간부가 그렇게 소신 없어서 무슨 큰
일을 해! 어떡할 거야? 당장 방송 광고 스케줄 취소하고 내려!
광고를 그따위로 만들어 놓고 어디서 모델이 잘못됐다고 책임
이나 전가하고 말이야. 당신 광고 때문에 회사가 얼마나 큰 피
해를 입었는지 알기는 해? 모델료, 제작비, 광고료 등을 포함
해 자그마치 12억 원이야. 어떡할 거야? 아무튼 상응한 책임을
지게 될 거야. 나가봐. 꼴도 보기 싫어.”

봉수가 풀이 죽은 채 전무 방을 나온다. 기만이 전무 방 앞에
서 기다리고 있다.
“김 팀장! 좀 잘하지? 이게 뭐야?”
“뭐? 네가 다 한 거나 마찬가지잖아.”
“이 사람이 이거. 네가 제작한 거잖아. 내가 시사회 때 또 동
기라고 얼마나 호응해 줬어? 그럼 잘했어야지. 나도 너 때문에
입장 곤란하게 됐어. 오히려 네가 나한테 미안하다고 해야 되
지 않니? 그리고 그때 회의에서 모든 권한과 책임은 너한테 있
다고 전무님이 말씀하신 거 기억 안 나? 적반하장이라더니 너
보고 하는 소리구나.”

"너 이 새끼, 일말의 양심이라곤 하나도 없는 놈! 설마 너 이런 결과를 예상하고 일부러 나 엿 먹으라고 밀어붙인 거 아냐?"

봉수가 이기만의 멱살을 잡고 치려고 한다.

"어허! 뇌뇌뇌! 이거 회사에서 왜 이래, 복싱하더니 깡패도 아니고. 툭 하면 주먹질이야? 그리고 뭐? 양심? 히히히, 조직에서 양심 같은 거 찾지 마! 전쟁터에서 무슨 양심이야? 그러니까 네가 맨날 그렇게 하찮은 인생으로 사는 거야. 곰곰이 잘 생각해 보세요. 김팀장님!"

기만이 음흉스런 웃음을 띠며 봉수의 손을 뿌리치고 양복 옷매무새를 다잡고 전무 방으로 들어간다. 예상했던 일이 그대로 적중될 때의 공포감이 엄습해 왔다.

넋을 놓은 채 사무실에 들어오자 홍보팀 직원들이 항의 전화를 받느라 난리다.

"팀장님, 광고 때문에 영업점마다 항의가 장난 아닙니다. 어떡하죠?"

"방송 내려요!"

봉수가 가까스로 대답한다.

"팀장님, 감사실에서 찾아요."

감사실에 도착하자 감사부장이 서류를 펼치고 봉수에게 묻는다.

"모델료가 선입급 되었네요. 통상적으로 모델료는 촬영 후 입금 되는 게 기본인데. 어떻게 된 거죠? 그리고 손아라씨 개런티로 1억을 지불했던데. 인지도도 없는데 산정 근거가 뭡니까?"

"그게. 다 위에서 지시가 내려온 사항이라…."
"위에서 내려오다니 누가요?
"이기만 팀장이 전무님하고 이야기가 다 됐다고 해서…."
"뭐요. 당신 상사가 이기만 팀장인가요? 지금 무슨 소리하는 겁니까? 서류상으로 어디에도 이기만 팀장 사인이 없어요. 두 분 사이가 좋지 않다는 건 아는데 이건 좀 심하네요. 보세요? 다 팀장님 사인이잖아요. 팀장님! 혹 손아라씨랑 뭐 엮인 게 있어요?"
"엮이다니요. 뭘요?"
"뭐 이를테면 그렇고 그런 사이일 수도."
감사부장이 새끼손가락을 펴 보이며 야릇한 미소를 짓자 봉수가 책상을 치며 일어난다.
"지금 뭐 하는 겁니까?"
"지금 어디서 행패야? 당신 횡령죄로 고발될 수 있어."
"마음대로 해! 마음대로 해!"
봉수가 감사실을 박차고 나와 곧바로 기만을 찾는다.

"아! 김 팀장 안 그래도 찾아가려고 했었는데. 이거 신제품 영업손실이 말이 아니야. 마케팅팀도 당신 때문에 곤궁에 처하게 되었어. 어떡할 거야?"

봉수가 기만의 멱살을 잡고 죽일 듯이 말한다.

"너 이 새끼! 좋냐? 이게 네가 계획한 거였어?"

"무슨 소릴 하는 거야?"

직원들이 몰려와 봉수를 억지로 떼어놓는다. 봉수가 억울함을 호소하며 고래고래 고함을 지르며 끌려 나간다.

"아 참! 그 새끼. 지가 잘못하고는 누구한테 덤터기를 씌워. 어이가 없네."

그날 저녁, 봉수가 혼자 연탄구이집에서 소주를 하고 있다. 제법 얼큰하게 취했는데 전화 한 통이 날아온다. 김성길 전무다.

"어디야?"

"와~ 사람 병신 만드는 건 참 쉽네요. 근데 너무 억울해서 혼자는 못 나가겠는데요, 전무님."

"어디야? 내가 자네한테 꼭 할 말이 있어."

"왜요? 저 구명해 주시게요?"

"그럴 수도 있고. 어디야?"

"안 그래도 혼자 먹기 적적했는데. 회사 근처 연탄구이집입니다."

"알았어. 잠깐만 기다려"

잠시 후, 김 전무가 나타났다. 힘없이 소주잔을 기울이고 있는 봉수 앞으로 전무가 말없이 다가앉는다.

　"아이고! 우리 전무님, 어서 오세요. 이렇게 저를 구명해 주기 위해 친히 발걸음 해 주시고 영광입니다."

　"이 사람. 이거 취했군. 취했어."

　봉수가 피식 쓴웃음을 짓는다.

　"곧 이 회사 떠날 텐데. 소원대로 되어서 좋겠습니다. 기만 팀장이랑 잘해 보세요."

　"자네 징계위원회 열리면 어떻게 이야기할 건가?"

　"뭐 사실대로 이야기해야지요. 내가 아는 게 그게 전부니까."

　"난 말이야. 정말 이번에 손아라씨가 캐스팅 되는 것에 대해서는 몰랐어. 아무래도 이 팀장이 장난친 것 같아. 나도 어쩌면 자네처럼 피해자일 수도 있다고."

　"그럼 손아라씨를 선택한 게 전무님이 아니라 이기만이란 말인가요?"

　"그렇지, 사실 나도 손아라가 누군지도 몰라, 술자리에서 한 번 만난 적은 있지만, 요즘 뜨는 배우라고 해서 그러라고 그랬지. 그렇게까지 인지도가 없는 줄은 몰랐어."

　"그럼, 저보고 어떡하라고요?"

　"혹 징계위원회 때 내가 이기만에게 지시했다는 말은 하지 않

앞으면 해. 뭐 사실 지시한 것도 없지만. 지시했다고 김 팀장이 그러면 나도 피곤해지잖아. 김 팀장! 넌 어차피 이번 일로 죽을 수밖에 없어. 그냥 쿨하게 나가면 내가 다른 직장 챙겨줄게."

"아! 그러니까 전무님은 다치기 싫다. 그거네요."

"이 사람이 무슨 말을 그렇게 해!"

김 전무가 술잔을 탁자에 내리치며 버럭 소리를 질렀다. 주변 사람들이 시선이 일제히 쏠리자 김 전무가 당황한 듯 헛기침을 하며 다소 진정된 억양으로 말을 이었다.

"김 팀장! 그렇게만 이야기하지 말고, 내가 지금 싸우자는 게 아니잖아."

"그런데 전무님! 하나 물어볼게요. 왜 저를 그렇게 쫓아내지 못해 안달이에요? 제가 전무님을 비방하고 다닌 것도 아니고 해코지한 것도 없는데. 전 그게 정말 궁금합니다."

김 전무가 소주를 한 잔 들이키더니 잠시 뜸을 들인 후 말을 꺼냈다.

"자네, 내가 봐도 성실하고 일도 잘해. 성과가 얼마나 좋았으면 본사 근무자를 제치고 지방에서 팀장으로 승진시켰겠어? 회장님도 자네의 능력 인정한 거지. 난 세상에 딱 두 종류의 인간이 있다고 봐. 양심이 있는 놈과 없는 놈. 그럼 성공할 가능성이 높은 인간은 누굴까?"

김 전무가 조롱하는 듯한 눈빛으로 엷은 미소를 띠더니 소주한 잔을 단숨에 들이켰다.

"양심 없는 놈이야! 양심 없는 놈의 가장 큰 강점이 뭔 줄 알아? 부끄러움이 없다는 거야. 부끄러움이 없다는 건 죄책감을 잘 못 느낀다는 거지. 죄책감이 없으면 자신의 목표를 위해 무엇이든 할 수 있다는 거야. 이건 세상을 사는데 엄청난 무기야. 양심이 있으면 마음이 약해져서 성공하기 힘들어. 근데 웃기는 건 사람들 대부분이 양심이 있다는 거지. 착한 거야. 그럼 양심 없는 놈의 성공 가능성은? 그래! 훨씬 크다는 거야."

김 전무가 자신의 철학에 스스로 감동한 듯 잔을 비우고 포효했다.

"양심도 없는데, 정치적이고 권모술수에도 능하면 거의 끝판 왕이라고 봐야지. 히히히. 나도 인간이라 솔직히 다른 사람한테 욕먹고 죽일 놈이라고 비난해도 나한테 충성하고 잘하는 놈이 최고더라. 이기만은 일도 그렇고, 싸가지까지 없어서 욕도 많이 먹지만, 어쨌든 나한테 잘하잖아. 내가 필요할 때 문제를 해결해 주거든. 그래서 필요해. 그놈도 자신의 야망을 채우기 위해 내가 필요한 거고. 조직에서 사람은 필요에 따라 도움이 될 때 가치가 있어. 이 모두가 조직에서 헤게모니를 차지하기 위한 싸움이야. 회사의 발전이나 자기 계발 같은 말은 다 헛소리고. 정의와 양심보다 언제나 이익과 욕망이 우선이야. 전부 자신의 이익을 위해 투쟁하는 곳이 회사야."

술잔이 늘수록 김 전무의 개똥철학도 함께 취해갔다.

"뭐 사람들한테 비난을 받더라도 권력을 잡으면 인간은 다들 굽신거리게 되어 있어. 조직은 오직 결과만으로 사람을 평가하니까. 권모술수와 배신이 정당화된 조직이 직장이야. 과정이야 어떻든 되고 나면 끽소리 못해. 해코지당할까 봐. 기만처럼 나쁜 놈들은 그걸 알아. 그래서 위만 보면 돼. 윗사람한테는 기똥차게 잘 하거든. 그래서 난 묵묵히 일하는 당신보다 기만을 택했지. 물론 김 팀장처럼 맡은 일을 잘하는 사람도 필요하지. 그런데 당신은 딱 고기까지야. 언제든지 교체가 가능한 소모품 같은 존재. 그게 당신의 한계야."

"그렇군. 난 소모품이군."

봉수가 허탈한 듯 냉소적인 웃음을 띠며 소주를 들이켰다.

"그렇지만 자네 같은 사람이 많아야 조직이 발전하고 미래가 있지. 대부분의 회사원이 자네처럼 뒷담화나 하지 나서는 놈은 별로 없거든. 앞에선 끽소리 못하니까 부려먹기 좋고, 경쟁에서 지면 자기가 못나서 그렇다고 자책하고, 잘못되면 알량한 양심과 도덕적 정의감에 빠져 책임지니까 잘라도 뒤끝도 없고. 얼마나 좋아? 자네는 안타깝지만, 그런 사람이야."

"지금 위로하시는 겁니까? 조롱하는 겁니까? 그 이야기 들으니까 참 서글프네요."

봉수가 술잔을 비우며 고개를 떨군다.

"이봐! 김봉수씨! 세상을 살려면 이기적이고, 약아야 해. 자네는 어쩌면 이기만이라는 양심도 없는데다 출세 욕구까지 강한 놈이 주변에 있다는 것부터 일이 꼬이기 시작한 거야. 승진 때 그 친구 설득에 회유당하고, 윗사람에게 엄청난 공을 들인 것도 무시할 수 없어. 그건 그 친구의 능력이야. 입사 동기나 선후배라도 조직에서 먼저 승진하면 동기도 선배도 후배도 아닌 그냥 모셔야 할 상사일 뿐이야. 조직에서 아무 도움도 줄 수 없는 사람은 절대 좋은 선배가 될 수 없어. 물론 주변에 사람도 다 떠나지. 그건 당연한 거야. 너도 어쨌든 상황이 변했으면 기만이 마음에 들도록 간,쓸개 다 빼줬어야지. 그럼 이렇게까지 가지 않았을 텐데. 바보 같은 놈. 쯧쯧."

김 전무가 술에 취해 고개 숙인 봉수를 안쓰럽게 쳐다본다. 봉수가 그의 말을 들었는지 고개를 천천히 들고 소주잔을 들이킨다. 김 전무가 술잔을 들고 봉수를 가리키며 말을 이었다.

"이기만하고 너랑 그렇게 친했다며? 기만이 그동안 너하고 왜 친하게 지냈는지 곰곰이 생각해 봐. 그 성격에 네가 필요했으니까 그랬을 거야. 일도 도와주고, 부탁하면 네가 해 주니까. 근데 상황이 바뀌었어. 승진을 앞두고 이젠 네가 걸림돌이 된 거고. 넌 지난날 자신의 무능을 증명하는 걸림돌에 불과해. 필요 없어진 거지. 더욱이 넌 기만이 입장에서 보면 수치잖아. 이젠 일개 직원에 불과한 별것도 아닌 너한테 무릎까지 꿇었으니까. 그런 놈이 죽어서 다시 돌아와 눈앞에서 알짱거리면 환장하지. 히히히! 이기만이라면 충분히 그러고도 남지."

봉수는 말없이 술만 들이켰다. 취기가 오른 김 전무의 혀가 조금씩 꼬인다.

"야! 인마! 더럽고 치사하더라도 기만이 상사가 된 순간 걔한테 잘했어야지. 기만이 너를 배반했더라도 넌 걔를 또 너의 사람으로 만들었어야 해. 꼴랑 자존심 때문에 물어뜯어서 이 사달이 난 거야. 조직에서 도덕과 정의를 찾는 건 철없는 짓이야. 조직은 가면을 쓰고 싸우는 전쟁터야. 사람을 믿으면 바보가 되는 곳이 조직이야. 부모 자식간도 재산 때문에 못 믿고 싸우는 세상인데, 조직에서 만난 사람을 어떻게 믿어?"

김 전무가 소주잔을 들이키자 봉수도 소주를 따라 들이킨다.
"좀 미안하긴 한데, 너무 곧이곧대로 살지 마. 세상이 그런 거야. 막말로 뱀을 보면 무서워하지만, 뱀장어는 손으로 잡잖아. 왜 그렇겠어? 이익이 되니까. 이익이 되면 물불 안 가리고 용감

해지는 게 인간들이야. 보통 사람들이 다 그래. 그러니까 넌 인마 보통 사람도 못 돼. 자존심 그딴 거 아무짝에도 쓸데없어. 자존감만 있으면 돼. 지금은 내가 싫겠지만, 힘들면 자존심 구기고 바짓가랑이라도 잡을 줄 알아야지. 그게 인생이야. 날 이용하라고. 서로 필요에 따라 이용하는 거야. 살다 보면 원수라도 필요하면 또 손을 잡는 게 사회야. 봐라! 너 내일 당장 회사 나가도 아무도 널 기억하지 않아. 오히려 내심 좋아하는 사람이 더 많지. 경쟁자가 제거됐으니까. 뭐 몇몇은 안타까움을 전하겠지만, 바로 잊어. 왜냐고? 이익이 없으니까. 그러니깐 넌 인마 자존심이 센 게 아니라 철이 없는 거야. 봉수야! 나가서 이런 실수 다신 하지 마라. 내 마지막 충고이자, 선물이다."

김 전무가 비틀거리며 자리에서 일어나 나갔다. 머리를 감싼 채 탁자에 머리를 박고 있는 봉수로부터 흐느낌인지 신음인지 알 수 없는 소리가 간헐적으로 흘렀다.

11. 운명처럼 나타난 그녀

"봉수씨는 누군가를 사랑해 봤어요?"

"사랑요? 하하하, 제 주제에 무슨 사랑을 해요. 그건 죄악이에요. 내 몸 하나 간수 못 하는데, 다른 사람 인생까지 망칠 순 없지요. 그러고 이런 생각을 가진 나 같은 놈을 좋아해 줄 사람도 없을 테고."

얼마나 시간이 흘렀을까? 봉수가 탁자 위에 얼굴을 묻고 자고 있다. 식당 여주인이 흔들어 깨워도 아랑곳없다. 주인이 탁자 위에 놓인 핸드폰에 비밀번호가 없는 걸 확인하고 안도의 한숨을 내 쉬더니 어디론가 전화했다.

얼마 뒤 수영이 식당에 나타났다. 탁자 위에 쓰러진 봉수를 조심히 흔들어 깨웠다. 낯선 여자 목소리에 희미하게 눈을 떴다.

봉수가 헤벌쭉 웃으며 수영을 봤다.

"뭐야? 헛것이 보이네? 내가 취하긴 취했나 보네. 가만 여기가 어디지?"

주위를 둘러보기 위해 자리에서 일어나다가 바닥에 쓰러졌다. 주인과 수영이 달려와 봉수를 부축했다.

"에구! 이 사람, 이거 혼자 술을 그렇게 먹을 때부터 알아봤네. 아줌마 계산하고 빨리 데리고 가세요. 우리도 영업시간 훨씬 지났다고요."

주인이 볼멘소리를 했다. 수영이 연신 죄송하다며 고개를 숙이고 계산을 한다. 봉수가 희미하게 눈을 뜨고 다시 수영을 본다.

"엉? 또 수영씨가 보이네. 아이 미치겠네."

이내 다시 식탁에 머리를 박고 잔다. 수영이 갑자기 탁자 위에 있던 물을 봉수에게 뿌렸다. 놀라 의자 뒤로 벌러덩 쓰러졌다가 벌떡 일어났다.

"봉수씨!"

칼날 같은 소리가 봉수의 귓가를 찢고 지나갔다. 뒤를 돌아보자 수영이 팔짱을 끼고 단단히 화난 표정이다.

"수영씨! 수영씨가 여기 어떻게…."

봉수가 황당한 표정으로 주인과 수영을 번갈아 본다.

"이분이 어떻게 여기에 계시죠?"

봉수가 수영을 엉거주춤 손가락으로 가리키며 주인을 보고 물었다.

"아니, 집사람 아닌가?"

주인이 두 사람을 보며 당황스러운지 더듬거리며 말했다.

"아니, 핸드폰 1번을 누르니까 '내사랑'이라고 적혀 있어서 연락했는데. 부인 아니에요?"

수영이 어이없다는 듯 웃었다. 봉수가 서둘러 탁자에서 자신의 핸드폰을 주머니 넣더니 헛기침을 하며 어쩔 줄 몰라 한다.

"이제 정신이 좀 드나 보네요. 물 뿌린 건 죄송한데, 제가 또 이런 술주정하는 꼴은 못 봐서요. 어서 나가요."

수영이 봉수의 손을 잡고 밖으로 끌었다.

봉수가 "잠깐만요. 계산, 계산." 하며 외치자, 수영이 들은 체도 않고 먼저 밖으로 걸어 나왔다.

"계산은 저분이 하셨는데⋯."

"아니 그럼, 그 전에 나랑 같이 있던 분 계산 안 했어요?"

"네."

"이런, 나쁜 새끼! 세상 다 아는 것처럼 나불거리더니⋯ 우라질! 믿은 내가 바보지. 진짜 있는 놈이 더 하네."

"수영씨! 수영씨!"

봉수가 수영을 부르며 서둘러 가게를 빠져나갔다.

인근 선술집에 두 사람이 벽을 보며 나란히 앉아 있다. 수영이 연신 술잔을 기울인다. 얼굴에 화난 표정이 역력하다. 봉수가 수영의 눈치를 보며 한껏 주눅들어 있다.

"저기, 봉섭 어머니! 아니 수영씨, 오신 건 고마운데, 제가 무슨 큰 죄를 지은 것도 아닌데, 한마디도 안 하고, 아니 그러니까 그게….”

수영이 봉수의 얘기를 막았다.

“지은 죄가 없다. 잘하셨네요. 그만 가 볼께요.”

수영이 자리에서 일어나려 하자, 봉수가 급히 수영의 손을 잡으며 앉혔다.

“수영씨, 그게 아니라….”

봉수가 난감한 표정을 지으며 어쩔 줄 몰라 한다. 수영이 소주를 한 잔 들이키더니 봉수를 매섭게 봤다. 봉수가 얼굴을 매만지며 마땅히 시선 둘 데가 없다.

“봉수씨! 왜 그렇게 사세요?”

수영이 이야기를 이어갔다.

“저도 사별하고 봉섭이 혼자 키우면서 열심히 살고 있는데, 봉수씨는 혼자 살면서 무슨 인생에 고민이 그렇게 많아요? 전 이해가 안 돼요.”

봉수가 말없이 애꿎은 나무젓가락만 조각조각 낸다.

“그러게요. 다 내려놓으면 되는데, 그게 잘 안 되네요.”

“참 따뜻한 분 같은데, 이렇게 힘들어하고 흐트러지는 모습을 보니까 짠해요.”

“전 삶에 대한 애정이라고 해야 하나? 그런 것이 없나 봐요.

내가 당장 이 자리에서 사라진다 해도 세상은 아무렇지도 않은 듯 돌아갈 테니…."

수영이 무거운 침묵 속에 말없이 술잔을 기울였다. 시간은 자정을 넘겨 새벽으로 치닫는다.

"봉수씨! 왜 스스로를 그렇게 비하해요?"

수영의 목소리에 취기와 분노가 교차한다.

"저요? 아무것도 아니니까, 전 아무것도 아니니까요."

봉수가 피식 웃으며 대답했다.

"봉수씨가 어때서요? 그만한 회사에 다니고 사지도 멀쩡한데 왜?"

"전 말이에요. 병신이에요. 잘하는 것도 없고. 그냥 잉여 인간 같아요."

"봉수씨는 누군가를 사랑해 봤어요?"

"사랑요? 하하하, 제 주제에 무슨 사랑을 해요. 그건 죄악이에요. 내 몸 하나 간수 못 하는데, 다른 사람 인생까지 망칠 순 없지요. 그리고 이런 생각을 가진 나 같은 놈을 좋아해 줄 사람도 없을 테고."

봉수가 깊은 한숨을 내쉬며 술을 들이켰다. 봉수가 연이어 술을 따르려 하자 수영이 봉수의 잔을 뺏어 뒤집었다.

"많이 먹었잖아요. 그만. 나만 마시면 돼."

수영이 자신의 손을 입술에 갖다 대며 좌우로 흔들었다.

"근데 봉수씨! 사랑 안 한다면서 저를 왜 1번으로 저장시켜 놨어요?"

수영도 제법 취기가 올랐는지 혀가 꼬인다.

"아! 그거야. 내가 좋아하니까 해 놨지."

"어? 웃기네. 사랑할 줄도 모르는 사람 핸드폰에 내가 1번으로 저장돼 있다니…."

"그건 말이지. 내 마음이지. 당신이 내 마음 깊숙이 자리했으니까."

"근데 아까부터 계속 말이 짧네. 봉수씨?"

"내가 그랬나? 그럼 수영씨도 말 놔! 공평하게."

"어쭈! 그렇게 나오겠다. 오케이, 콜!"

잠시 후, 봉수와 수영이 서로 주거니 받거니 술잔을 건넨다. 한껏 취기가 오른 봉수가 게슴츠레한 눈으로 수영의 얼굴 가까이 다가간다. 눈꺼풀이 한껏 내려간 수영이 봉수를 멍하니 바라본다.

"저기 수영씨! 가까이 보니 참 이뻐."

"음, 그래? 봉수씨도 나름 괜찮아."

봉수가 헤벌쭉 웃으며 반색을 하더니 손사래를 치며 핀잔을 주듯 나무란다.

"진짜? 그럼 후회할 텐데. 수영씨! 오늘 술 마셔서 그래. 나

같은 놈이 감히 수영씨 같은 사람이랑 사귄다고? 말도 안 돼. 나같이 하찮은 놈이 낄낄낄"

"봉수씨가 어때서? 그렇게 말하면 좋아?"

수영이 고개를 떨군다. 잠시 어색한 침묵이 흐른다.

봉수가 양손으로 턱을 괴고 수영의 얼굴을 천진난만한 표정으로 본다. 그때 수영이 갑자기 얼굴을 쑥 밀었다. 따뜻한 숨결에 봉수가 놀란 토끼마냥 눈을 동그랗게 떴다. 잠시 후 수영의 입술이 자신의 입술을 살짝 포갰다. 급속 냉동된 복어처럼 봉수의 몸이 동그랗게 굳었다. 수영이 흐트러진 눈으로 봉수를 보며 말한다.

"나도 당신한테 하찮은 사람이야?"

입 주위 세포만 살아 움직이듯 봉수가 굳은 자세로 입술을 움직였다.

"당신은 나에게 소중한 사람이야."

수영이 봉수의 가슴에 안겼다. 따뜻한 체온이 굳어버린 봉수의 몸을 녹였다. 봉수가 저돌적으로 수영의 입술을 깊게 파고들었다. 수영의 어깨가 물결처럼 파르르 떨렸다. 분위기가 한껏 무르익을 무렵 그들을 향해 낯선 목소리가 들려왔다.

"저기요! 여기서 이러시면 안 돼요. 손님!"

주인아저씨가 어쩔 줄 모르며 조심스럽게 말을 건넸다. 그러나 술에 취해, 사랑에 취해 버린 두 사람의 귀에는 들리지 않는다. 더욱 격렬해지는 두 사람의 몸짓에 주인이 다급히 국자를 들고 달려와 탁자 위를 쳤다. 그제야 놀라 떨어진 두 사람이 동시에 주인을 봤다. 봉수의 입술 주변이 활화산처럼 벌겋게 달아올라 있다.

"손님! 여기서 이러시면 안 돼요. 내가 여기서 보고 있으니까 좋긴 한데, 여기가 모텔도 아니고 술집이잖아요. 이제 집에 가서 마음껏 하세요. 에고! 부러워라. 좋겠다."

수영이 민망한지 고개를 숙이며 슬그머니 밖으로 나갔다. 봉수가 수영과 주인을 번갈아 보며 허겁지겁 서둘러 계산한다.

"아이참! 아저씨! 좋았는데, 조금만 더 기다려 주지."

봉수가 수영을 바로 뒤따라 나가지만 사라지고 없다. 늦여름, 풀 내음을 잔뜩 실은 바람이 새벽을 깨운다.

12. 믿음과 배신

"넌 확실히 바보 맞아. 전무가 너 어디가 예쁘다고 자리를 만들어 주냐? 아무튼 그 나이에 권투 배울 때부터 알아봤다. 내가 세상에 제일 경멸하는 것들이 너처럼 착하고 순진한 것들이야. 세상은 너같이 미련한 것들이 살 만한 곳이 못 돼!"

　며칠 후, 회장 주재로 징계위원회가 열렸다. 봉수가 중앙에 앉아 있다. 인사팀장이 징계 개요를 설명한다. 봉수가 묵묵히 고개만 숙인 채 말이 없다.

　"어떻게 이런 일이 발생할 수 있어? 시사회할 때 여러분 모두의 검토를 거쳤을 텐데, 난 도저히 이해할 수가 없어."

　회장이 인사팀장의 설명이 끝나자마자 버럭 소리를 질렀다.

　"그 당시 저도 모델과 제품의 컨셉이 맞지 않아 반대를 많이 했지만, 마케팅팀장이 강하게 이 광고를 지지해서 이런 결과가 온 것 같습니다. 홍보팀장만의 책임이라고는 할 수 없습니다."

　영업팀장이 작심하고 마케팅팀장을 바라보며 강한 어조로 말했다.

"영업팀장님, 지금 무슨 소리하시는 겁니까? 시사회에서는 그 작품에 대해 모두 허심탄회하게 의견을 제시할 수 있는 거고. 영업팀장님을 제외하고는 모두 찬성을 했는데. 내 의견을 이야기했다고 그게 나 때문이라는 건 너무 억측이지요."

기만이 또박또박 반박했다. 영업팀장도 딱히 대꾸할 말이 없다.

"이 자리는 이번 광고의 결과는 이미 드러났고, 광고 제작 책임자인 김봉수 팀장을 어떻게 처리해야 하는지가 주입니다. 회의 주제에서 벗어나는 질문은 자제해 주시기 바랍니다."

김성길 전무가 말을 끊었다.

"김봉수 팀장! 먼저 모델을 선정한 배경부터 말해 봐? 왜? 인지도가 없는 모델을 기용했으며, 톱 모델료에 해당하는 금액을 그것도 선지급한 이유, 여기에 대해 먼저 말해 봐."

회장이 봉수를 보며 물었다. 봉수의 머릿속이 복잡해진다. 김성길 전무와 이기만의 눈빛에 긴장감이 돈다.

"모델이 어떻게 선정되었는지 사실 저도 잘 모릅니다. 제품 런칭 부서인 마케팅팀장으로부터 경영진 결정으로 손아라 배우가 선정 됐다고 통보받고 제작했습니다."

"경영진이라니? 누구야? 전무야?"

회장이 크게 소리치자 순간 봉수와 전무의 눈이 마주쳤다.

"그건 저도 잘 모르겠습니다."

"뭐야? 팀장이라는 사람이 전후좌우도 보지 않고 일을 진행해? 윗사람이 누군지도 모르고 일을 진행해? 참 어이가 없네. 마케팅팀장, 윗사람이 누구야? 아님 당신이 지시했어?"

"전 윗분이 지시했다는 사실을 오늘 처음 듣습니다. 사실 김봉수 팀장에 대해 입사 동기로서 조언을 한 적은 있지만 지시한 적은 없습니다. 또 같은 팀장끼리 지시라니 그건 말도 안 되고, 그렇게 할 수도 없는 것은 이 자리에 계신 모든 분들이 잘 아시리라고 생각합니다. 모델 기용할 때도 제가 재고를 거듭 요구했지만, 듣지 않고 강행했습니다. 모델료나 선지급 등에 대해서도 홍보팀에서 진행해서 잘 모릅니다. 성실한 입사 동기였는데 참 안타깝습니다."

봉수의 눈에 핏기가 돈다. 봉수가 자리에 일어나 항변했다.

"아닙니다. 지금 이기만 팀장이 거짓말을 하고 있어요. 저 말을 믿으시면 안 됩니다."

"김봉수 팀장, 여기가 어떤 자리라고 소리를 칩니까? 어서 앉으세요!"

전무의 호령에 봉수가 마지못해 자리에 앉는다.

"이거 참! 동기가 저렇게까지 이야기했는데도 반성하는 기색은커녕 책임을 전가하려고만 하고 답답하네. 쯧쯧. 감사실 서류만 봐도 홍보팀장 명의로 다 진행됐던데. 서류가 말해 주고 있잖아? 이번 CF건에 대해 모두 다 들었으니까 김 팀장은 나가 봐."

회장이 불쾌한 내색을 띠며 봉수를 본다.

봉수가 체념한 듯 기만을 쏘아 보며 천천히 자리에서 일어났다.

"저저저! 회장님이 나가 있으라고 하잖아! 빨리 나가지 못해요!"

전무가 회장의 눈치를 살피더니 버럭 소리를 질렀다. 기만의 입가에 미소가 번진다.

봉수가 사무실에서 책상을 정리하고 있다. 부하직원들이 수군거린다.

"그동안 고마웠어요. 저 때문에 홍보팀이 욕만 얻어먹게 해서 죄송합니다."

"팀장님, 회사 나가시는 건 안타깝지만, 이번 건 때문에 저희도 타격이 크거든요. 어떻게 그런 애를 써서 홍보팀 이미지가 완전히 실추됐어요."

여직원 하나가 쏘아붙였다. 봉수가 뭔가 말하려고 하다가 체념한다. 박스를 들고 나가는데 배웅하러 일어나는 직원이 한 사람도 없다.

회사 현관문을 나서는데 전화가 온다. 김 전무다.

"김 팀장! 해고로 결정났어. 형사고발 안 된 것만 해도 다행인 줄 알아. 내가 나중에 다시 전화할게. 그럼."

봉수가 물끄러미 끊어진 자신의 핸드폰을 한참 동안 바라본다. 자꾸 눈물이 나온다. 또 기만에게 당한 자신이 비참했다.

다음 날 아침, 갈 곳이 없다. 집에서 청소도 하고 밀린 빨래도 하고 낮잠도 잤다. 오후 3시다. 체육관으로 향했다. 딱히 운동을 하기 위해서라기보다는 갈 때가 없다.

"낮에 여긴 웬일이고?"

"잘렸어요. 이번에."

"뭐? 승진한 지 얼마 됐다고 잘려?"

"그러게요. 세상이 참 내 마음대로 안 되네요."

"그럼 이제 뭐 할거고?"

"글쎄, 당분간 쉬면서 다른 직장 알아봐야죠. 참! 여기는 저한테 맡기고 김 여사님하고 데이트 좀 하고 오세요."

"그래? 그래도 될라나. 안 그래도 이것저것 준비할 게 많았는데. 잘됐다."

관장이 일부러 분위기를 전환하려는 듯 호탕하게 웃으며 나
갔다. 텅 빈 체육관에서 봉수가 한 손으로 샌드백을 툭툭 때려
본다.

"내가 왜 권투를 배웠지? 결국 실컷 맞기만 하고. 바보 같은
놈."

혼잣말을 하다가 자리에 풀썩 주저 앉았다. 그때 봉섭이 들어
왔다.

"어! 아저씨. 이 시간에 여긴 웬일이세요? 관장님은요?"

"어. 왔어. 잠깐 밖에 볼일 보러 나갔어. 나도 당분간은 여기
있어야 될 것 같아."

"왜요?"

"으응, 회사에서 잘렸어."

"왜요?"

"아 참! 그 녀석. 뭐 그런 거 있어."

"그 사람 때문이죠?"

봉수가 쓴웃음을 지었다.

"그 사람 때문이구나. 그 사람은 계속 그 회사 다니고. 아저
씨만 잘린 거죠?"

"그렇게 됐어. 내가 좀 많이 부족했나 봐."

"아저씨! 왜 그렇게 살아요? 어떻게 나만도 못해요."

"난 그래도 우여곡절이 많았지만, 극복하고 우승했잖아요. 괴롭히는 아이들도 이젠 없고. 그리고 더 큰 꿈을 향해 지금 뛰고 있다고요. 그런데 아저씬 뭐예요? 결국 회사에서 쫓겨난 게 고작이잖아요. 정말 실망이에요."

봉섭이 체육관 문을 쾅 닫더니 그대로 나가 버린다. 봉수가 심란한 표정으로 샌드백을 응시한다. 체육관에 적막만 흘렀다.

봉수가 어디론가 전화를 건다. 이기만이다.

"나야! 좋냐?"

"아! 이게 누구야? 이거 본의 아니게 일이 이렇게 돼서 섭섭해서 어쩌지. 이젠 골려줄 놈도 없어지고…."

"내가 바보지. 널 믿는 게 아니었는데…."

"이제 알았어? 너 바보 맞아. 그렇게 알고 그렇게 살아!"

"끝까지 좋은 이야기는 안 하네."

"그럼, 울기라도 할까? 참, 전무님이 너 자리 하나 봐준다고 그랬다며?"

"그걸 어떻게 알아?"

"넌 확실히 바보 맞아. 전무가 너 어디가 예쁘다고 자리를 만들어 주냐? 아무튼 그 나이에 권투 배울 때부터 알아봤다. 내가 세상에 제일 경멸하는 것들이 너처럼 착하고 순진한 것들이야. 세상은 너같이 미련한 것들이 살 만한 곳이 못 돼! 이야기하면서도 열 받는다. 끊어! 새끼야!"

"야! 야! 이기만! 이기만!"

봉수가 다시 전화를 걸지만 받지 않는다.

"그럼, 전무도 그때 한 이야기가 다 거짓말이었단 말이야? 짐
승도 이렇게까지는 하지 않을 거야. 하물며 나도 사람인데. 아
니야. 그럴 리가 없어. 그때 전무의 눈빛은 진실했다고. 맞아.
기만이 나한테 또 거짓말하는 거야. 이젠 안 속아!"

봉수가 애써 마음을 가다듬고 전무에게 전화했다.

"김봉수입니다."

"아— 김 팀장. 이번 일은 참 안 됐어. 어딜 가더라도 다음부
턴 이런 실수 하지 마!"

"예, 그리고 일전에 말씀하셨던 다른 직장은 언제쯤이면 될까
요?"

"다른 직장이라니?"

"아니, 다른 직장 알아봐 주신다고….."

"징계로 해고당한 사람을 누가 받아줘. 이렇게 세상 물정 몰
라서야. 내가 배임으로 형사고발 안 한 것만으로도 고마워해야
지. 아주 못돼먹은 사람일세."

"예?"

"사람이 왜 그래? 다신 전화하지 마."

김성길 전무가 일방적으로 전화를 끊었다.

"또 당했다. 이럴 수가….”

혼잣말을 되새기는 그의 얼굴에 눈물이 흘러내린다.

순간 전무에게 비겁하게 목숨을 구걸하고, 또 사람을 믿고 배신당하는 자신의 모습이 초라했다. 봉수가 뭔가를 작심한 듯 주먹을 불끈 쥐었다.

13. 하찮은 복수

그날 밤, 봉수가 회사 앞에서 차를 탄 채 기만을 기다리고 있다. 기만의 자동차가 올라오자 뒤를 따라 조심스럽게 움직인다. 얼마 후 기만이 서울 외곽의 한 작은 호텔 앞에 차를 세운다. 외제 승용차가 눈에 띈다. 손아라가 내린다.

며칠 후, 봉수가 열심히 샌드백을 치고 있다. 봉수의 눈빛에 투지가 살아 있다.

"어허, 살살해라. 몸 상한다. 신인왕전 못 나간다고 했는데 왜 그렇게 열심히 하노?"

관장이 봉수를 보며 말하지만, 아무 대꾸가 없다.

"놔둬요. 열심히 하는 것 보니까 보기 좋네요. 활력도 넘쳐 보이고."

김 여사가 관장을 말린다.

"너, 우리 결혼식에는 올 거지?"

"네."

김봉수가 보지도 않은 채 통명스럽게 대답한다.

"근데, 어디서 하는지 묻지도 않노? 축의금은 얼마 할끼고?"

"아 참! 관장님! 집중이 안 되잖아요. 간다고요. 당연히 가지요."

봉수가 샌드백 치던 걸 멈추고 투덜거렸다.

"오면 되지. 왜 짜증내고 지랄이고? 그럴 거면 오지 마라, 오지 마!"

"관장님은 또 왜 그러세요?"

봉수가 짜증난 목소리로 펄쩍 뛴다.

"이 사람이, 왜 그래요? 봉수씨가 뭘 잘못했다고."

김 여사가 관장을 말린다.

"아니, 내가 뭐 화를 냈나? 나한테 짜증내니까 그렇지."

"죄송해요. 관장님한테 화낸 게 아니라 저한테 화가 나서 그랬어요."

봉수가 털썩 주저앉는다.

"참 싱거운 놈이네."

관장이 한심하다는 듯 본다.

"어서 나가요. 운동하는 데 방해하지 말고."

김 여사가 관장의 등을 떠밀며 서둘러 자리를 옮기는데 관장이 한마디 한다.

"너, 운동 때려치워라. 사람 때리려고 복싱하는 거 보면 넌 멀었다."

"알았어요, 알았어. 나가면 될 거 아니에요."

봉수가 글러브를 던지고 밖으로 나갔다.

"저! 저 자식이, 뭐 뭐라고? 마흔이나 처먹은 놈이. 하는 짓이 어구!"

늦여름 뜨거운 햇살이 금방이라도 몸을 녹일 듯 대지에서 이글거린다. 봉수가 무작정 뛴다. 자신의 몸이 태양에 타버렸으면 좋겠다는 생각이 들었다. 지나가는 사람들이 모두 자신을 비웃는 것처럼 느껴졌다. 누군가가 시비를 걸면 죽도록 패주고 싶다. 봉수가 경주마처럼 앞만 보고 뛴다. 이대로 뛰다가 탈진해서 죽었으면 좋겠다. 김 전무와 이기만의 비웃는 얼굴이 자꾸만 떠올랐다. 분노가 저 가슴 밑바닥에서 용솟음쳐 견딜 수가 없다.

그때 핸드폰이 울렸다. 수영이다.

얼마 후, 공원 벤치에 앉아 있는 봉수에게 수영이 다가와 앉는다. 봉수의 체육복이 땀에 흠뻑 젖어 있다.

"회사 그만뒀다고, 봉섭이가 애기하더군요."

"그렇게 됐어요."

"왜 잘린 거죠?"

"말해서 뭣 하겠어요. 다 내가 못나서 그렇게 된 건데, 그리고 일전에 술집에서 일은…."

수영이 화가 나는지 두 손으로 자신의 긴 머리를 쓸어 올린다.

"그건 됐고요. 일단 말해 봐요, 왜 잘렸는지."

봉수가 손을 꼼지락거리며 멈칫한다. 수영이 침착하게 인내하며 말하기를 기다린다. 한 줄기 바람이 두 사람의 머리를 스치고 지나간다. 이윽고 봉수가 어렵게 말을 꺼냈다. 차근차근 말하면서도 때론 울분에 미세하게 손이 떨렸다. 봉수가 말하는 동안 수영은 주먹을 쥐었다가 한숨을 쉬었다가 표정이 일그러진다.

"그렇게 된 겁니다. 저 참 한심하죠?"

"네."

수영이 한 치의 망설임 없이 대답하자 봉수가 예상한 듯 무안해한다.

"그렇죠? 누가 들어도 한심하다고 생각할 겁니다."

"그래서 앞으로 어떻게 할 계획이세요?"

"두 사람, 가만 놔두지 않을 겁니다. 어떻게 해서든 복수를 해야지요. 이렇게 물러나면 제가 평생 나를 원망하며 살 것 같아요."

"어떻게 복수할 건데요?"

"그건 지금 말씀드리긴 좀 그러네요. 분명 수영씨가 옳은 방법이 아니라고 반대할 테니⋯."

"하지 마세요! 그건 폭력이에요. 인생이 지금보다 더 나락으로 갈 수 있다고요. 그냥 그렇게 살기보단 남들처럼 평범하게 살면 안 되나요? 봉수씨는 스스로 능력이 없다고 하지만, 제가 볼 땐 그 정도면 충분히 다른 일도 할 수 있고 행복하게 살 수 있는데, 그 사람들이랑 왜 치고받고 싸우면서 살아야 하는 건지 모르겠네요."

"일단, 이번 일만 끝나면 저도 회사에 미련 없어요. 뭐 저 혼자 사는데 밥 못 먹고 살겠어요?"

"모르죠? 앞으로도 계속 혼자 살지는….."

"네?"

봉수가 놀란 듯 수영을 바라본다. 수영이 우물쭈물 더듬거린다.

"아니, 내 말은 언젠가는 결혼할 거니까?"

봉수가 머쓱하게 머리를 긁적인다. 싫지 않은 표정이다. 젊은 부부가 유모차를 끌고 다정하게 대화를 나누며 걸어가는 모습이 시야에 들어온다. 봉수와 수영이 동시에 따뜻한 시선으로 그들을 응시한다. 그리고 이내 봉수가 어떤 결정을 내렸는지 금새 표정이 다시 굳어진다.

그날 밤, 봉수가 회사 앞에서 차를 탄 채 기만을 기다리고 있다. 기만의 자동차가 올라오자 뒤를 따라 조심스럽게 움직인다. 얼마 후 기만이 서울 외곽의 한 작은 호텔 앞에 차를 세운다. 외제 승용차가 눈에 띈다. 손아라가 내린다. 기만이 손아라와 손을 잡고 호텔로 들어간다. 잠시 후 봉수가 차에서 내렸다. 호텔 카운터에 젊은 남자가 앉아 있다.

"방금 들어간 사람 몇 호실로 갔어요?"

"그걸 왜 물어요?"

"방금 들어간 여자가 내 아내야. 어서 말해!"

봉수의 저돌적인 어투에 젊은 남자의 목소리가 주눅든다.

"안 돼요. 그럴 순 없어요."

봉수가 카운터의 문을 열고 들어갔다. 젊은 남자가 반사적으로 일어나 뒤로 물러서며 벽에 기댔다.

"내가 조용히 처리할 테니까. 너무 걱정하지 말고. 사진 한 장만 찍으면 돼."

봉수가 핸드폰을 들어다 보였다.

"그래도 우리 입장에서는 그렇게 못 합니다."

젊은 남자도 겁먹은 표정이지만, 물러서지 않았다. 봉수가 이글거리는 눈빛으로 턱밑까지 얼굴을 내밀더니 나지막하지만 강하게 밀어붙였다.

"네 아내가 그렇다면 눈이 뒤집혀지지 않겠어?"

"그건 선생님 사정이고."

겁은 먹었으면서 젊은 남자가 굽히지 않자 봉수가 뒤로 물러서더니 봉투를 꺼냈다.

"너 어차피 알바잖아. 자— 이건 용돈하고 얼른 몇 호야."

봉수가 봉투를 책상 위에 놓았다.

"몇 호야? 어서 말해! 안 그러면 나 여기 난장판으로 만들 수도 있어. 나 제정신 아니거든."

젊은 직원이 잔뜩 겁먹은 표정으로 봉투 안을 살피더니 미소가 번진다.

"준비해 왔으면 진작 주시면 편했을 텐데…. 아저씨! 그럼 조용히 끝내 주셔야 해요."

"알았어. 걱정 마! 사진 한 컷만 찍고 나올 거야. 넌 나한테 알려준 적 없는 거야."

"303호."

봉수가 엘리베이터를 타고 올라간다.

한편 방안에서 기만이 손아라와 키스하며 서로의 옷을 하나씩 벗기고 있다. 가쁜 숨소리가 문 앞까지 전해온다.

봉수가 깊이 숨을 들이켜 마시고 노크한다.

"아이씨, 뭐야?"

"그냥 놔둬! 신경 쓰지 마."

손아라가 기만을 다시 끌어당긴다.

그러나 다시 한번 노크 소리가 난다.

"치킨 왔습니다."

봉수가 목소리를 변형해서 큰 소리로 말했다.

"뭐야? 치킨은 무슨! 여기 아닙니다."

기만이 대충 말하고는 다시 손아라의 몸을 파고든다.

"303호 맞다니까요. 문 좀 열어주세요."

"아니라니깐! 시킨 적 없어요."

"여기 맞아요."

김봉수가 더 큰 소리로 말했다.

"이런 이 새끼를 그냥! 도대체 어떤 새끼야? 대갈박에 못을 박아 버릴까 보다."

기만이 가운을 황급히 걸치고 투덜거리며 문을 열었다.

"뭐야?"

기만이 문을 열자 봉수가 재빨리 기만을 밀치고 들어와 문을 잠근다. 기만이 바닥에 쓰러지고 놀란 손아라가 이불로 몸을 감쌌다.

"내 이럴 줄 알았어."

기만이 봉수의 얼굴을 보고 일어나 주먹을 날리지만, 살짝 피한 그의 주먹이 기만의 옆구리를 파고든다. 기만이 복부를 감싸 쥐고 고통스러운 표정으로 맥없이 바닥에 또 쓰러진다.

손아라가 비명을 지르자 봉수가 입에 손을 갖다 대며 조용히 하라는 신호를 보낸다. 봉수가 핸드폰으로 사진을 찍자 손아라가 이불로 얼굴을 가린다.

"에헤, 이러면 안 되지. 나도 이런 짓 정말 하기 싫었는데. 나도 나쁜 놈 될 수밖에 없게 만들더군."

기만이 결사적으로 봉수에게 달려들지만, 가볍게 피했다. 기만의 입가에 핏물이 보였다.

"한 방만 제대로 찍자."

봉수가 기만을 강제적으로 손아라 옆으로 밀었다. 기만과 손아라가 손으로 얼굴을 가리지만, 봉수의 셔텨가 연속적으로 움직였다.

"야? 김봉수! 나쁜 새끼! 너 회사 잘렸어. 이런다고 복직이 될 것 같아?"

"나도 알아. 복직할 생각도 없다. 이거 네 집에 보내려고."

"뭐야? 이 자식이 완전히 미쳤구나."

"왜? 겁나냐? 네 집 풍비박산 나는 게 억울해?"

기만이 또 주먹을 날리자 봉수의 주먹이 또 한 번 이기만의 얼굴을 날린다. 기만이 바닥에 쓰러진다.

"난 이제 잃을 게 없어. 네가 다 가져갔잖아."

"봉수야! 그러지 마. 너 원래 착한 놈이잖아!"

봉수가 또 주먹을 쥐자 기만이 봉수의 발목을 붙잡는다.

"봉수야. 말로 하자. 말로 해. 아파. 그만 때려."

"옛날에 내가 맞았던 거에 비하면 이건 아무것도 아니야.".

"김 팀장님, 제가 잘못했어요. 우리 살려 주세요."

손아라가 두 손을 빌며 봉수를 향해 애절한 눈빛으로 본다.

"당신은 빠져! 그리고 이기만 넌 내일 저녁 7시까지 김성길이랑 둘이 그레이스 호텔로 와! 내일 안 오면 이거 집은 물론이고 회사에 다 뿌릴 거야. 내가 할 이야기가 있거든. 난 이제 잃을 것도 없어. 똑똑하니까 충분히 알아들었으리라 생각해."

봉수가 뒤돌아서자, 기만이 옆에 있던 간이의자를 들고 봉수의 머리를 치려고 하는 순간 뒤돌아선다. 기만이 놀란 나머지 어정쩡하게 주저앉는다. 봉수가 예상했다는 듯 천천히 다가가 말했다.

"내 그럴 줄 알았다. 넌 항상 뒤통수를 치지. 그게 네 속성이지. 네가 날 고이 보내주겠어? 내일 똘마니들하고 같이 오면 알지? 아참! 그리고 말이야. 또 나갈 때 뒤에서 의자 들고 날뛰면 이 자리에서 너 죽는다."

봉수가 기만을 흘겨보고 나갔다. 기만이 주먹으로 침대를 때리더니 담배를 찾아 물었다. 손아라가 깊은 한숨을 쉰다.

"오빠! 이제 우리 어떻게 되는 거야? 둘 다 구속되는 것 아냐?"

"무슨 소리야?"

"무서워 죽겠어."

"걱정 마! 저놈은 하수야. 하찮은 인간이라서 나한테 안 돼. 생각 좀 해 보고. 아야, 좆나 아프네."

기만이 턱을 감싸며 고통스런 표정을 짓는다.

"오빠, 오빠 괜찮아? 보자! 어떡해? 얼굴이 완전히 걸레가 됐어."

"뭐야?"

기만이 손아라를 쏘아 보다가 이내 뼛속까지 깊이 담배를 빨아들인다.

14. 사라지는 것들

"기만아! 나도 너랑 똑같은 사람이야. 왜 내가 너한테 그렇게 하찮게 보였는지 모르겠지만, 그냥 회사만 다닐 수 있게 해 줘도 괜찮았어. 내가 뭐라고 이렇게까지…."

빗줄기가 더욱 거세지면서 강물이 불어나 어느새 앉아 있는 봉수의 허리까지 차올랐다.

　김성길 전무가 못마땅한 듯한 표정으로 자신의 사무실에서
기만의 이야기를 듣고 있다.

　"뭐야? 봉수가 찾아왔다고?"

　김 전무가 자리에서 벌떡 일어났다.

　"그래서 오늘 호텔까지 같이 좀 가 주셔야겠습니다."

　"너 지금 나한테 명령하는 거야?!"

　"그렇게 들으셨다면 죄송합니다."

　"일을 어떻게 처리하는 거야! 이 팀장! 이것밖에 안 돼?"

　"그놈 눈이 완전히 돌았어요!"

　"그놈이 같이 오라고 해서 내가 가야 해? 한심하게⋯쯧쯧"

　"전무님!"

　"쓸데없는 소리 하지 말고 나가! 당신이 알아서 처리해."

　"예?"

"나가! 나가라고!"

전무가 각티슈를 들고 던지자 기만이 쫓기다시피 방을 나갔다.

쫓겨난 그가 전무 방을 쳐다보며 주먹을 움켜쥔다.

"의리라곤 하나도 없는 파렴치한 늙은이, 돈 받아 처먹을 때만 팀장이지. 혼자 고고한 척 다하고, 나쁜 놈, 너도 기회만 되면 내 발밑에서 살려달라고 아우성치게 만들고 말겠어. 나쁜 놈!"

기만의 얼굴에 핏대가 선다.

그날 저녁, 기만이 그레이스 호텔에 나타났다. 기만이 주차하는 모습을 보고 차 한 대가 움직인다. 창문이 열린다. 봉수다.

"타!"

기만이 봉수의 차에 올라탄다.

"어디 가는 거야?"

"내가 너를 믿을 수 있어야지. 전무는?"

"바빠서 못 나왔어."

"바쁘다? 그렇겠지. 여기저기 이권 개입하려면….."

"어디 가?"

"가 보면 알아."

봉수가 바로 차를 몰고 외곽으로 나간다. 한참을 달려 인적 없는 한적한 강변에 도착했다. 유유히 흐르는 북한강 건너편에 오래된 가로등이 희미하게 강물을 비추고 있다. 봉수와 기만이 차 안에서 나란히 강을 보고 있다.

"여기가 어디야?"

"네 무덤."

"이 자식이. 미쳤어?"

"난 오늘 널 여기서 죽일지도 몰라."

"야! 너 완전히 돌았구나."

"응. 돌았어."

아무런 요동도 없이 차분하게 이야기하는 봉수를 보고 기만이 두려움에 휩싸인다.

"기만아! 나 예전의 네가 알던 봉수가 아니야."

봉수가 갑자기 주먹으로 기만의 얼굴을 가격했다. 기만이 얼굴을 감싸 쥐고 괴로워한다. 기만의 눈 주위가 금방 시뻘겋게 부어올랐다.

"봉수야! 왜 그래? 이러지 마. 너답지 않잖아."

"나다운 게 뭔데?"

"넌 착한 놈이잖아. 뭘 해도 이해하고 참아주고 배려해 주는 사람이잖아. 이건 너답지 않아."

"그럼 넌?"

"난 욕심도 많고 원래 나쁜 놈이잖아."

"그래서?"

"그러니까 우리 천성대로 살자. 넌 좋은 놈, 난 나쁜 놈으로."

"그럼, 난 계속 너를 이해하고 참아주고 배려해 줘야 하는 거니?"

"봉수야! 내가 잘못했어. 너 대신에 내가 승진한 것부터, 지방에 날려 보내고, 또 누명 씌워서 강제 퇴직시킨 것까지 모두 잘못했어. 근데 봉수야! 사실 이익은 전무가 다 봤어. 난 얻은 것도 없어. 나도 이용당한 거라고. 봉수야! 앞으로 잘할게. 뭐 필요해? 돈? 취직? 내가 알아봐 줄게."

"하하하! 또 너 말을 믿으라고?"

봉수가 크게 웃더니 정색을 하며 기만의 얼굴에 바짝 얼굴을 갖다 대고 말했다.

"이제 우리 악연도 그만 여기서 끊자."

잠시 후, 차에서 내린 봉수가 조수석 기만의 멱살을 잡고 끌어 내렸다. 봉수가 반항하는 기만의 얼굴과 복부를 치자 맥없이 자리에 꼬꾸라졌다. 고통스러워하는 기만의 멱살을 잡고 강가로 향했다. 강가로 향하는데 조금씩 빗방울이 떨어지기 시작했다. 끌려가는 내내 기만이 봉수에게 놔 달라고 외칠수록 봉수의 손아귀에 힘이 더욱 들어갔다.

물 근처에 다다르자 기만이 공포에 질려 가쁜 숨을 쉬었다.

봉수가 기만을 바닥에 패대기쳤다. 이윽고 봉수가 잠바에서 뭔가 꺼내려고 고개를 숙이는 순간 기만이 재빨리 일어나 달아났다.

"저 새끼! 완전히 돌았어. 진짜 죽이려고 그러네. 씨발!"
뒤돌아보자 봉수가 바닥에서 뭔가를 찾는 듯 자신을 따라오지 않는다.
"분명히 칼이야. 무서운 새끼."
기만이 혼잣말을 하며 숲으로 뛰어갔다. 봉수가 기만과 바닥을 번갈아 보다가 주머니에서 꺼내다 떨어진 핸드폰을 어둠 속에서 찾아 들고는 기만을 쫓아갔다.

"거기 서! 거기 서!"
한참을 달려 기만이 나무 뒤에 숨었다. 기만이 빗물과 땀이 범벅이 된 채 숨을 죽이고 봉수의 행동을 살폈다. 비가 부슬부슬 내리고 어둠이 가라앉은 강가는 자욱하게 낀 안개와 함께 한 치 앞을 내다보기 힘들다. 한동안 숲을 둘러보던 봉수가 찾는 것을 포기하고 강가로 방향을 틀었다. 봉수가 잠바 안주머니에서 핸드폰을 꺼내 녹음 기능을 끈다.

"빠르네. 자식! 겁은 엄청 많네. 진짜 내가 죽이기라도 할까 생각했나 보네. 어어 없네. 그냥 녹음됐다는 거 알려주려고 했구만. 에구 그래! 이 정도면 됐어. 다신 나타나지 않을 거야."

봉수가 강변으로 내려갔다. 봉수가 어디론가 전화를 건다.

"관장님! 어디 계세요? 기만이 그 자식이 도망쳤어요."

"뭐 벌써? 택시가 안 잡혀서 조금 늦었어. 택시 보내고 지금 그쪽으로 걸어가고 있어. 괜히 걱정했잖아."

"아이쿠! 고생했네요. 나한테 혼쭐이 났으니까 앞으론 볼 일이 없을 거예요."

"야! 내가 떡 본 김에 제사 지낸다고, 김 여사보고도 차 갖고 오라고 했어. 둘이 데이트하려고. 하하하!"

"와! 관장님! 그런 생각까지? 대박!"

"김 여사도 좀 전 출발했다니까 있다가 올 거야."

"비도 오는데 번거롭게 해서 죄송해요."

"괜찮아. 어? 네 차 헤드라이트 불빛이 보인다. 내려갈게."

그때 기만이 봉수의 행동을 지켜보며 살금살금 서서히 움직였다. 봉수가 전화를 끊고 차 문을 열려는 순간 기만이 뒤에 나타나 몽둥이로 그의 등을 내리쳤다. 봉수가 바닥에 맥없이 쓰러졌다. 이어 기만의 발이 봉수의 얼굴을 무지막지하게 차 버린다.

그때 막 봉수의 차 근처에 도착한 관장이 헤드라이트 불빛에 쓰러진 봉수를 발견하고 급히 숲에 몸을 숨겼다. 봉수가 바닥에 내팽개쳐져 있다. 기만의 몽둥이가 봉수의 눈앞에서 까딱거렸다. 관장이 바로 봉수를 구하러 내려가려다가 봉수의 부탁을 떠올리며 서둘러 핸드폰을 꺼내 조심스럽게 영상을 촬영했다.

"휴, 이거 뭐 아무것도 아니잖아. 내가 왜 도망간 거야? 권투했다고 괜히 쫄았잖아. 별것도 아닌 게, 어유, 이걸 콱 죽여 버릴 수도 없고."

기만의 구타에 봉수가 괴로워하며 몸을 뒹굴었다.

"핸드폰 어딨어? 내놔!"

봉수가 기만을 쏘아보며 자리에서 일어나려고 하자 다시 한번 발로 복부를 찼다.

"어디 한번 덤벼 봐, 새끼야!"

봉수가 맥없이 쓰러졌다.

"복싱! 아무것도 아니네. 개나 줘버려, 새끼야! 하찮은 새끼가! 괜히 쫄았잖아. 너 앞에서 내가 뭔 짓을 한 거야? 생각할수록 열 받네."

기만이 봉수의 핸드폰을 찾기 위해 안주머니를 뒤적이는 순간, 봉수가 있는 힘을 다해 기만을 후려쳤다. 갑작스런 주먹에 기만이 뒤로 넘어졌다.

"그래, 나 하찮은 새끼다. 근데 왜 날 이렇게까지 더 하찮게 만들어, 새끼야!"

얼굴이 피범벅이 된 채 봉수가 주먹으로 기만의 얼굴을 내리치려는 순간 가까스로 그의 주먹을 잡은 기만이 떨리는 목소리로 애걸했다.

"봉수야! 봉수야! 우리 말로 하자. 말로 응?"

기만이 잔뜩 겁에 질린 채 간절한 눈빛을 보냈다.

"야비한 놈! 그냥 겁만 주려고 했는데. 이렇게 또 뒤통수까지 칠 줄 몰랐어. 나쁜 새끼. 내가 너한테 뭘 어떻게 했다고? 내가 죽던가 네가 죽어야 이 징글징글한 악연이 끝나는 거야? 도대체 나한테 왜 그래?"

봉수가 크게 소리치며 기만의 배 위에 앉아 얼굴을 치려는 순간 둔탁한 소리와 함께 봉수가 맥없이 꼬꾸라진다. 기만이 쓰러진 봉수를 서둘러 밀치고 낯선 남자를 향해 무릎으로 기어가 다리를 부여잡고 공포에 질린 소리로 호소했다.

"선생님! 고맙습니다. 살려 주세요. 저 새끼가 절 죽이려고 해요. 살려 주세요."

남자는 아무 미동도 없다. 그때 봉수가 정신을 차려 일어서려고 하자 이번엔 다른 낯선 남자의 발이 봉수의 가슴을 강타했다. 봉수가 고통에 가슴을 감싸고 버둥거린다.

"내 이럴 줄 알았어."

귀에 익은 목소리가 들린다. 김성길 전무가 우산을 쓰고 내려보고 있다. 기만이 다시 무릎으로 기어가며 소리 나는 쪽으로 갔다.

"전무님! 전무님 맞으시죠?"

"바보 같은 놈, 이럴 줄 알고 내가 왔지."

"전무님, 고맙습니다. 고맙습니다."

기만이 전무의 바짓가랑이를 잡고 미친 사람처럼 괴기스런 웃음을 띠며 안도한다. 김 전무가 고통에 신음하는 봉수의 안주머니에서 핸드폰을 꺼낸다.

"찾는 게 이거야?"

전무가 기만 앞에 쪼그려 앉아 핸드폰을 들이민다.

"예, 맞습니다. 전무님! 고맙습니다."

기만이 핸드폰를 잡으려는 순간 김 전무가 일어난다.

"아니지. 이걸 그냥 너한테 줄 순 없지. 내가 너 생명의 은인이잖아."

"전무님! 무슨 말인지… ."

"어허, 이 새끼 알고 그러는 거야? 모르고 그러는 거야? 방금 내가 또 너 살려줬잖아. 이 새끼 암튼 자기 필요할 땐 물불 안 가리고, 필요 없으면 버리는 아주 사악한 새끼야."

성길이 기만의 얼굴을 검지로 쿡쿡 누르며 비열하게 웃었다.

"그게 아니라 전무님… ."

성길의 눈이 빛나면서 기만의 뺨을 강하게 때렸다. 기만이 충격에 얼굴을 바닥에 처박았다.

"이 안에 도대체 뭐가 들었길래? 이렇게 악다구니를 쓰지? 뭔가 있긴 있나 봐? 그럼 내가 가지고 있는 게 맞지."

성길이 봉수의 핸드폰을 켠다. 지문 인식시스템이다.

"어디 보자."

성길이 쓰러진 봉수의 검지를 핸드폰에 갖다 댄다. 핸드폰이 활성화된다. 성길이 이어폰을 꽂아 저장된 영상을 말없이 보다 히죽거린다. 곧이어 오늘 있었던 기만과 봉수의 대화 음성 파일도 듣는다. 기만의 표정이 안절부절 일그러진다. 성길이 영상과 음성을 메신저로 내려받고 기만을 본다.

"야! 기만아! 이 새끼 완전 양아치 새끼네. 손아라랑 그런 관계였어? 뭐 대충 눈치는 깠지만, 근데 뭐 모든 건 내가 다 챙겼다고? 이 새끼가."

성길이 기만의 뺨을 사정없이 갈긴다. 기만이 바닥에 쓰러진다.

"배은망덕한 새끼. 너를 키워준 게 난데 주인을 물어?"

성길이 기만의 뺨을 또 때리려 하자, 기만이 또 성길의 바짓가랑이를 잡고 애걸한다.

"전무님! 오해입니다. 이 자식이 협박해서 그런 거예요. 전무님! 믿어주세요."

성길이 때리려던 손을 거두고 기만의 볼을 꼬집고 말했다.

"기만아! 너 아주 재밌게 놀고 있었네. 야! 너 자식이 두 명이라고 했나? 아내는 의사, 그 아버지는 고위 관료. 너 집안은 쥐뿔도 없고. 절친인 봉수 배신하고 승진하고, 이젠 회사에서 누명 씌워 내보내고. 암튼 재주가 말도 못 해. 그런 널 내가 어떻게 믿니? 이거 터지면 아주 재밌겠어. 그러니까 그 좋은 머리로 오버하지 말고 나한테 개처럼 굴었어야지."

"전무님! 전 믿을 사람이 전무님밖에 없습니다. 한 번만 눈감아주시면 평생 충실한 개가 되겠습니다."

고개를 숙인 기만이 이를 악물고 비굴하게 대답했다. 성길이 흡족한 표정을 지으며 기만의 어깨를 짚고 일어났다.

"자! 그럼. 저놈은 병신으로 만들어 버려! 앞으로 다신 못 나타나게. 이제 아주 지긋지긋해."

성길이 우두머리로 보이는 건달에게 지시하고, 봉수의 핸드폰을 강물에 던져 버린다. 기만이 핸드폰을 주우러 가려다 이내 포기한다.

"자료는 한 사람만 갖고 있어야 가치가 있지. 안 그래?"

성길이 기만을 보고 냉소적인 미소를 띠고 발길을 돌렸다. 기만이 망연자실한 표정으로 핸드폰이 떨어진 강을 본다. 그때 빗방울이 더 거세졌다.

"어? 이거 제법 오겠는데. 어서 정리하고 가자."

대장 건달이 똘마니에게 지시했다. 호흡이 곤란한지 봉수가 심하게 경련을 일으키며 헐떡거렸다. 똘마니가 가죽 장갑을 끼고 봉수 앞으로 다가서는데 기만이 일어섰다.

"저 새끼 때문이야. 하찮은 저 새끼 때문에 내가 이런 생고생을 하고⋯."

분노에 찬 기만이 발로 봉수의 가슴과 배를 사정이 찼다. 돌발적인 분노의 발길질에 봉수가 방금 도살당한 짐승처럼 아무렇게나 내팽개쳐졌다.

"그만! 그만! 이러다 사람 죽어."

우두머리 건달이 서둘러 달려들어 기만을 말렸다.

"병신 만들라며?"

기만이 거친 숨을 쉬며 전무를 노려봤다. 전무가 말없이 알 수 없는 야비한 미소를 띠며 기만을 봤다.

그때 봉수의 상태를 확인하던 똘마니 건달이 다급하게 성길을 본다.

"전무님! 이 자식 이거 숨을 안 쉬어요!"

"뭐?"

성길이 다급하게 상태를 살피다 놀라 뒤로 휙 물러섰다.

"뭐야? 왜 미동도 없어?"

땀과 비와 공포로 뒤범벅이 된 기만이 두려움이 섞인 목소리로 전무를 봤다.

"아니야! 꾀병이야. 복싱했잖아! 이 정도 맷집은 있잖아. 일어나, 새끼야!"

기만이 애써 웃음을 지으며 봉수의 뺨을 툭툭 건드렸다. 그러나 반응이 없다.

보다 못한 대장 건달이 기만을 밀치고 맥박을 확인한다. 건달이 놀란 눈으로 고개를 좌우로 흔들었다. 기만이 공포에 질린 채 성길을 봤다.

"전무님!"

"미친 새끼! 누가 죽이래? 너 때문에 일이 커졌어."

"전무님!"

"빨리 인공호흡이라도 해 봐!"

성길의 명령에 똘마니가 서둘러 가슴을 누르며 인공호흡을 했다. 잠시 후 봉수가 거친 숨을 내쉬며 호흡했다. 성길과 건달들의 입에서 안도와 환호가 동시에 나왔다. 서로 손을 잡고 기뻐하는 것도 잠시, 성길이 기만 앞에 다가와 기만의 뺨을 살짝살짝 치며 말했다.

"비도 이렇게 내리는데, 내가 오늘 너 많이 살린다. 넌 봉수가 죽이고 싶을 만큼 그렇게 싫니? 까딱하면 너! 나도 저렇게 하겠다. 이러니 내가 널 어떻게 믿니? 기만아! 좀 살살하자. 가지."

성길의 뒤를 따르던 대장 건달이 빈정거리며 기만을 보며 말했다. "아이구 형씨! 성질이 진짜 지랄 같네, 이러다 진짜 사람 죽어요."

"아~ 씨발, 별 하찮은 새끼가 뭐라는 거야?"

기만이 인상을 쓰며 혼잣말을 하는데 대장 건달이 뒤돌아봤다.

"어이! 형씨 지금 나한테 뭐라고 한 거야?"

대장 건달과 눈이 마주치자 기만이 눈을 내리깔고 비굴한 표정으로 말했다.

"아니! 수고하셨다고요. 조심히 가시라고 말했는데….”

"그게 아니고, 분명 나 보고 욕하는 거 같았는데, 와~ 이거 또 성질 건드네."

대장 건달이 기만에게 다가서려 하자, 성길이 건달의 팔꿈치를 잡았다. 그때 성길의 목소리가 들렸다.

"비도 오는데 갑시다."

"내가 오늘 전무님 봐서 참는다. 아주 웃긴 새끼네."

대장 건달이 침을 뱉고 기만을 노려보며 떠났다.

전무 일행이 떠나고, 기만이 억수처럼 쏟아지는 비를 맞으며 봉수를 본다. 봉수가 빗물에 신음하며 가까스로 앉아 있다. 발길질에 파인 얼굴의 상처가 빗물에 쓸려 선명하게 드러났다. 오른쪽 눈 주변이 심하게 부어 있다.

"이제 그만하자 기만아! 힘들어. 나 이제 쉬고 싶어."

"너만 가만히 있으면 되는데 왜? 왜? 자꾸 나타나 새끼야!"

"나도 감정이 있는 사람이야. 기만아!"

"역겨운 새끼. 제발 내 눈앞에서 사라져 주라."

"기만아! 나도 너랑 똑같은 사람이야. 왜 내가 너한테 그렇게 하찮게 보였는지 모르겠지만, 그냥 회사만 다닐 수 있게 해 줘도 괜찮았어. 내가 뭐라고 이렇게까지…."

빗줄기가 더욱 거세지면서 강물이 불어나 어느새 앉아 있는 봉수의 허리까지 차올랐다.

"야! 오늘! 날 죽이려 했지? 하~ 이걸 어떻게 생각해야지?"

기만이 어이없는 표정을 지으며 두 손으로 머리를 뒤로 넘기며 말했다.

"아냐! 그냥 내가 겪은 불안과 분노로 살아간다는 것이 어떤지 너도 똑같이 느끼게 해 주고 싶었어. 이젠 됐어. 이게 뭐라고. 그만하자! "

봉수가 자리에서 비틀거리며 일어나려 하는데 기만이 봉수에게 달려들었다.

"아니지. 새끼야!"

"기만아! 제발 그만해."

봉수가 달려오는 그를 강하게 밀자 기만이 뒤로 넘어지며 물에서 허우적거렸다. 봉수가 억수같이 내리는 비를 맞으며 천천히 비틀거리며 물 밖으로 나갔다. 순간 기만의 눈에 핏발이 곤두섰다. 기만이 순식간에 뒤에서 달려들어 봉수를 물에 처박았다.

"이 새끼야! 인간도 급이 있어. 너 같은 새끼랑 나랑 같이 엮지 마! 하찮은 새끼가 어디서 감히. 죽어! 새끼야. 너 같은 새끼는 세상에서 사라져야 해. 죽어! 죽어!"

봉수가 고개를 들어 숨을 쉬려 했지만, 이내 그가 등에 올라타 미친 듯이 눌렀다. 봉수가 빠져나오기 위해 사방으로 발버둥치지만 빠져나오질 못한다. 어둠 속에 괴물처럼 이성을 상실한 기만이 포효하며 봉수를 눌렀다.

잠시 후 봉수의 몸부림이 멈췄다. 그제야 놀란 기만이 봉수의 몸에서 다급히 손을 뗐다. 봉수가 물 위에 떠서 미동도 없다. 기만이 현실을 자각하고 뒷걸음치다가 다시 봉수에게 다가가 안았다.

"봉수야! 눈 떠! 야! 새끼야! 정신 차려!"

기만이 봉수의 뺨을 때리며 불러 보지만 꿈쩍도 하지 않는다. 어느새 물은 허벅지까지 차올랐다. 순간 강가로 다가오는 차량 불빛과 어디선가 사람이 움직임이 느껴졌다. 놀란 기만이 서둘러 봉수를 강 가운데로 밀어 넣고 공포에 질린 채 황급히 자리를 피한다. 쏟아지는 빗속에 하찮은 인간 봉수가 가라앉고 있다.

15. 그들만의 세상

정적이 흘렀다. 한차례 폭풍이 지나간 후 망연자실한 표정으로 손아라가 한쪽 귀퉁이에 옷도 걸치지 않은 채 담담히 담배를 태우고 있다. 기만이 초점 없는 눈으로 그녀를 보고 있다. 방안 여기저기 찢어진 속옷과 와이셔츠가 조금 전의 상황을 짐작하게 할 뿐이다.

　새벽녘, 손아라의 오피스텔 초인종을 누르고 기만이 문 앞에
주저앉는다. 아무런 인기척이 없다. 기만이 현관문을 주먹으로
친다.

　"누구세요?"

　손아라의 짜증 묻은 목소리가 들린다.

　"나야! 이기만…."

　문이 열린다. 비에 젖은 초췌한 모습으로 나타난 기만의 모습
에 손아라가 소스라치게 놀란다.

　"무슨 일이야? 어떻게 된 거야? 이 몰골은 뭐야?"

　손아라가 당황스런 목소리로 이것저것 묻지만, 기만이 아무
런 대답도 않은 채 집 안으로 들어간다. 문이 닫히자 이기만이
손아라를 힘껏 당긴다.

　"나! 지금 너무 무서워. 지금은 나한테 아무것도 묻지 말아

줘.”

기만이 오한이 든 사람처럼 떨리는 목소리로 말한다. 손아라가 강렬하게 떨리는 기만의 몸에 안긴 채 불안해한다. 그러나 그것도 잠시. 갑자기 기만이 손아라를 현관 벽에 밀치더니 광기어린 눈빛으로 변한다.

“이게 다 너 때문이야!”

손아라가 놀란 표정으로 무슨 말을 하려는 찰나 기만의 입술이 손아라의 입을 막아버린다. 손아라가 애써 기만을 밀치려 하지만, 그의 손이 벌써 손아라의 치마 밑으로 올라간다.

“이거 놔! 이 손 놓으란 말이야.”

손아라가 소리치지만, 기만은 아랑곳하지 않고 점점 더 깊숙이 그녀의 은밀한 곳으로 파고든다. 기만이 옷을 미친 듯이 벗기기 시작하자 그녀가 공포에 질린 채 발버둥친다.

“이게 다 너 때문이야!”

분노와 흐느낌으로 범벅된 기만의 목소리가 거친 숨소리와 함께 반복되며 그녀의 옷이 찢어졌다. 발버둥을 치지만 광인처럼 사지를 옥죄는 그의 힘에 서서히 힘이 풀린다.

팬티와 브래지어가 찢기다시피 벗겨지고 기만이 그녀를 거실 쪽으로 밀고 들어갔다. 하얀 속살이 드러난 채 손아라가 소파에 눕혀지자 이기만이 서둘러 자신의 지퍼를 내린다.

그 틈에 공포에 질려 허겁지겁 현관을 향해 기어 도망가던 그녀의 허리를 기만이 강하게 끌어당겼다.

"어딜 가? 좋냐? 느껴져? 이게 다 너 때문이야! 씨발년!"

기만이 게걸스러운 웃음을 띠며 자신의 허리를 그녀의 둔부에 밀착시켰다. 그녀가 비명을 지르며 고개를 떨군다.

"너만 나타나지 않았어도 이런 일은 없었을 거야. 내가 오늘 그 놈을 죽였거든. 흐흐흐"

그녀의 깊숙한 곳에 잔뜩 성난 자신의 물건을 더욱 힘껏 넣으며 기만이 중얼거린다.

그녀가 고통에 감았던 눈을 번쩍 뜨며 기만을 놀란 눈으로 돌아본다.

"왜? 너도 원하는 거 아니었어?"

그녀가 빠져나오려 발버둥치지만, 기만이 그녀의 허리를 강하게 잡고 밀착시켜 빠져나올 수 없다. 그녀의 방이 격정과 분노와 고통의 신음으로 가득하다. 기만이 그녀의 젖가슴을 강하게 움켜잡고 자세를 바꿔 자신의 무릎 위에 앉힌다. 그녀에게서 신음인지 비명인지 알 수 없는 교성이 터져 나오고 그녀가 머리를 들고 두 손으로 그의 목을 조르는 듯 와이셔츠를 꼭 잡는다.

"좋아, 그래, 이거야. 좋냐? 좋아? 내가 죽여 줄게."

거친 숨을 헐떡이며 기만이 그녀의 목덜미부터 이내 발갛게 달아오른 봉긋 솟은 젖꼭지를 혓바닥으로 폭풍처럼 휘감았다. 이내 거친 그의 손이 깊고 깊은 그곳을 자극하며 파고들자 그녀가 허리를 밀착시키며 파고든다. 방안은 신음인지 흐느낌인지 알 수 없는 기괴한 소리로 얼룩졌다. 그의 주체할 수 없는 욕정은 동굴 속 닿지 않은 형상물까지 모두 없애 버릴 듯 폭격을 가하고, 그녀는 온몸으로 저항한다. 증오와 공포, 분노와 애증이 공존하는 절정의 시간이 들불처럼 지나갔다.

정적이 흘렀다. 한차례 폭풍이 지나간 후 망연자실한 표정으로 손아라가 한쪽 귀퉁이에 옷도 걸치지 않은 채 담담히 담배를 태우고 있다. 기만이 초점 없는 눈으로 그녀를 보고 있다. 방안 여기저기 찢어진 속옷과 와이셔츠가 조금 전의 상황을 짐작하게 할 뿐이다.

"이제 이 세상에 그 새끼 없어."

기만이 혼잣말을 하며 두려움에 떤다.

"그것도 내가 이 손으로 말이야. 하하하!"

기만의 목소리에 광기가 서려 있다. 자신의 두 손을 들어 보이며 무릎걸음으로 다가가자 그녀가 공포에 질린 얼굴로 황급히 뒤로 물러났다.

"미쳤어?"

"나? 미쳤지. 당연히 미쳤지. 미치지 않고서야 어떻게 내가 사람을 죽여?"

"정신 차려요, 제발. 이럴 때일수록 정신 차려야지. 그 사람은 애초에 당신에게 벌레 같은 존재였잖아. 벌레를 죽인 거라고. 죄책감 가질 필요 없어."

그녀의 목소리에 초조함이 묻어난다. 그녀가 일어나 떨고 있는 그를 안고 등을 토닥인다.

"그렇지? 그렇지? 아라야! 난 벌레를 죽인 거야."

"양심의 가책 같은 거 개나 줘버려. 당신 말대로 내 탓이라고 해도 좋아. 난 당신만 있으면 돼."

손아라가 기만의 등을 토닥거리며 그를 위로한다.

"그래. 괜찮아. 어차피 사라질 놈이었어."

그녀가 기만의 품에서 나오며 조심스럽게 묻는다.

"그럼, 시체는 어떻게 했어요?"

"강에 버렸어."

"강에?"

그녀가 흔들리는 눈빛으로 봤다.

"너무 무서웠어. 차 불빛도 보이고 인기척도 느껴져서 그냥 강 으로 밀어 넣고 나왔어. 물이 불어 떠내려 갔을 거야?"

"누구 같이 있었던 사람은 없었어요?"

"김 전무가 있었어. 그리고 김 전무가 데리고 온 똘마니 2명
도."

"뭐? 그 사람들도 알아요?"

"아냐! 그놈들이 떠난 다음에 내가 이 손으로…."

기만이 자신의 손을 보고 공포에 부들부들 떨었다.

"일단, 내일 출근해서 아무 일 없는 것처럼 행동해요."

그녀가 기만의 생채기 난 얼굴을 보며 잠시 생각에 잠긴다.

"아냐! 아냐! 시체가 바로 떠오르지는 않을 테니까 일단 며칠
은 휴가 내요. 내가 아는 병원이 있으니까 상처부터 치료하고
아무 일 없었던 것처럼 다시 회사에 출근하는 거야. 참! 혹시
모르니까 나랑 같이 그 강으로 지금 가 봐요."

"혹시 모르다니?"

"시체가 아직 거기 있을 수도 있잖아."

기만이 두려운 눈빛으로 그녀의 품에 안겨 몸을 떨었다. 손아
라의 얼굴에서 알 수 없는 미묘한 표정이 흐른다.

동트기 직전 아직 어둠이 가시지 않은 강가는 쏟아지는 빗줄
기로 앞을 보기 어렵다. 라디오에서 한강에 홍수주의보가 내렸
다는 뉴스 속보가 나온다. 긴장과 공포에 목줄기에 식은땀이
흘러내렸다.

"어디에요?"

기만이 버린 곳을 떨리는 손으로 가리켰다. 시체는 온데간데 없이 강물만 세차게 흘렀다.

"이 정도 물이면 떠내려갔어. 홍수 주의보면 변사체로 떠올라도 익사한 걸로 몰아붙이면 되니까 하늘도 우릴 도와주네."

"맞아! 그래 그렇지? 아라야! 실족사하는 사람도 많잖아. 내가 죽인 게 아니야. 자기가 제 무덤을 판 거라고. 이제 완벽해. 이 하찮은 새끼는 그냥 물에 빠져 죽은 거야. 그 새끼가 세상에 존재하지 않는다니까 너무 기분 좋다. 하하하!"

기만이 양손으로 빗줄기를 받으며 미친 사람처럼 호탕하게 웃었다. 손아라가 우산을 든 채 두려운 눈으로 기만을 봤다. 빗줄기가 더욱 강하게 쏟아졌다.

"완벽해! 하하하! 완벽하다고! 하하하!"

기만이 환호를 지르며 내리꽂는 빗줄기에 몸을 맡긴다.

그 시각, 성길이 불 꺼진 방 한 켠에서 봉수가 찍은 영상을 보고 있다. 성길의 표정에 희미한 미소가 번진다.

16. 아침이 밝아오고

때마침 김 여사의 자동차 불빛에 기만이 황급히 달아나자 서둘러 봉수를 물 밖으로 꺼내 기적적으로 살렸다. 병원으로 향하는 차 안에서 봉수가 겨우 눈을 뜨고 힘겹게 말했다.

"촬영은? 촬영은?"

　1년 후 세상은 봉수가 사라진 것과 상관없이 잘 굴러갔다. 기만은 김 전무의 지원 아래 승승장구해서 실장을 달고 성길 전무는 부사장으로 승진했다. 어느 조용한 일식집에서 성길과 기만이 술잔을 기울이고 있다.

　"부사장님! 이번 승진 다시 한번 축하드립니다."

　"고맙네. 이 실장 자네 덕택이지. 이 실장도 승진 축하해. 하하하!"

　"다 부사장님 덕입니다. 부사장님 한 잔 드시죠? 앞으로도 잘 모시도록 하겠습니다."

　기만이 성길에게 술잔을 따른다.

　"이 실장! 그런데 말이야. 봉수 이야기는 들리는 거 없지?"

　"부사장님! 벌써 1년이 지났습니다. 진짜 죽었나?"

　기만이 고개를 갸우뚱하며 아무렇지도 않게 회를 입에 넣는다. 그때 성길이 매서운 눈으로 기만을 본다.

"죽다니?"

"아이참! 부사장님! 왜 그런 눈으로 보세요? 설마 제가 진짜 그 인간을 죽였을까 봐요? 하하하!"

기만이 손사래를 치며 호탕하게 웃었다.

"그 인간이 그렇게까지 당하고 또 나타날 위인이 못 된다는 말입니다. 부사장님!"

그의 말에 성길이 자못 심각한 표정으로 술잔을 기울인다.

"그렇겠지. 그런데 난 말이야. 그게 불안해. 아직 본 사람이 없다는 것이….."

"부사장님! 그놈을 누가 찾아요? 누가 안다고? 원래 존재감 자체가 없었잖아요."

"그래. 그건 그렇지. 근데 이 실장! 자네가 요즘 하나 간과하고 있는 게 있는 것 같아서 조금 우려돼."

기만이 긴장하며 성길의 말을 기다린다

"제가 무슨….."

"가까이 와 봐."

기만이 탁자 위로 가까이 얼굴을 내밀자 귀에 대고 성길이 말했다.

"야! 기만아! 봉수 영상 나한테 있는 거 알지? 요즘 너무 풀어진 것 같아서 말이야. 긴장해!"

성길의 차분하지만 음침하면서도 강한 발언에 기만이 자리를 고쳐 앉으며 고개를 숙였다. 고개 숙인 기만의 표정에서 분노의 눈빛이 흘렀다.

"주의하겠습니다. 부사장님!"

성길이 만족스런 표정을 지으며 화제를 돌린다.

"그렇겠지? 암튼, 이 실장이 엄연히 잘하려고? 참! 손아라씨는 요즘 방송에 통 안 보여?"

"아~ 글쎄요. 저도 연락 못 한 지 오래라서….”

기만이 말끝을 흐린다.

체육관, 희미한 전등 아래에서 누군가가 거친 호흡을 내쉬며 운동을 하고 있다. 봉수다. 핏발 선 눈에서 분노를 읽을 수 있다. 예전과 달리 짧은 머리에 아직 아물지 못한 상처가 눈 주위에 남아 있다.

누군가 체육관 문을 요란스럽게 열고 들어온다. 관장이다.

"봉수야! 불 좀 켜고 하지? 네가 무슨 록키라도 되냐? 멋은 있는 대로 들어서. 쯧쯧."

관장이 체육관 불을 켜자 환해진다. 봉수가 하던 운동을 멈추고 관장을 보더니 멋쩍게 웃는다.

"아! 관장님, 폼나고 딱 좋았는데, 전기세도 절약하고. 쩝! 그런데 오늘은 일찍 출근했네요?"

"너랑 점심 같이 먹으려고."

"진짜요? 어디서요? 고기 먹겠네요. 야호. 관장님 최고!"

봉수가 관장을 껴안으려고 달려가자 관장이 무표정한 얼굴로 한 손으로 봉수의 얼굴을 제지한다.

"설레발치지 말고. 식당은 무슨 식당. 돈이 어디 있다고. 여기서 먹을 거야. 곧 그 사람 올 거야."

봉수가 관장의 손을 뿌리치고 관장의 얼굴에 기습 뽀뽀를 한다.

"이야. 우리 관장님 너무 멋있어요. 하하하!"

"내가 너 봉급도 넉넉히 못 주는데, 한 번씩 고기라도 먹여줘야지. 뭐 꼭 코치가 필요한 건 아니었는데…."

"관장님! 전 이것만 해도 만족해요. 정말 고맙습니다."

"에구 에구, 징그럽다. 고만해라. 질색이야."

"그때 관장님이 아니었다면 전 아마 이 자리에 없었을 겁니다. 감사합니다."

"그래. 이제 시간도 좀 흘렀는데. 어떻게 할 생각이고? 아직도 복수하고 싶나?"

"복수는 무슨 복수요. 이렇게 아작이 났는데. 히히히. 겁나요. 모르겠어요. 하루에도 몇 번씩 그때 생각하면 울분이 올라오는데, 저도 생각을 잘못한 게 있고. 이제 악연은 거기서 매듭지어야지요. 과거는 빨리 잊으려고 해요. 저만 괴로우니까. 괴물하고 싸우다가 나도 어느새 괴물이 되어 있더라고요. 사람이 무서워요."

"그래. 이제 나이도 있으니 여기서 코치 생활 좀 더 하다가 독립해야지. 내가 힘껏 밀어줄게. 결혼도 하고."

"결혼요? 에구 관장님도 내 주제에 무슨 결혼. 누구 인생 망칠 일 있나요? 저 하나 챙기기도 힘든데…."

관장이 봉수 옆에 바짝 다가서며 주변을 두리번거리더니 속삭인다.

"야! 봉섭이 엄마랑 사귀는 거 다 아는데 뭘 그래?"

봉수가 손사래를 치며 당황해한다.

"에이! 무슨 말씀을…."

"야! 전에 병원에서 보니까 딱 느낌이 오던 걸. 내가 뭐 그렇게 감이 떨어질 줄 아니?"

관장이 확신에 찬 듯 의기양양하다. 봉수가 머리를 긁적거리며 어물쩍거린다.

"야! 나잇살 먹어서 혼자 살면 얼마나 외로운 줄 알아? 너 나 보면서도 모르니?"

관장이 손을 들어 봉수를 때리려는 시늉을 하는 순간, 김 여사가 식사를 들고 들어온다.

"맞는 말이네. 내가 이 사람 구제하지 않았음 어쩔 뻔 했어? 그죠? 여보?"

"그래, 맞아. 얼마나 보기 좋냐? 너도 빨리 결혼해. 우리처럼."

"네네네네. 두 분 진짜 잘 어울려요. 정말 한 쌍의 행복한 잉꼬 같아요."

"저거 봐, 입에 기름칠도 안 하고 멘트 날리는 거 보면."

관장이 또 봉수를 때리려 하자, 김봉수가 재빨리 피해 달아난다. 체육관에 웃음이 흘렀다.

그랬다. 그때 강가엔 관장이 있었다. 봉수가 만약을 대비해서 은밀하게 관장에게 부탁해 놓았다. 그러면서 어떤 상황이 발생하더라도 참견하지 말 것을 부탁하고, 그날 상황을 인근에서 동영상으로 촬영해 줄 것을 부탁했었다. 그리고 혹시 자신이 잘못되면 그 영상을 경찰에 보내줄 것을 요청했다. 관장이 그 자리에 있다는 것은 봉수와 관장 외에는 아무도 몰랐다.

그날 밤, 관장은 비를 맞으며 봉수가 맞고 쓰러지는 것을 촬영했다. 봉수가 어떻게 될지 모른다는 생각에 몇 번이고 자리를 박차고 나가려 했지만, 상대방이 많아 역부족이였다. 선불리 나섰다가는 본인도 위험해질 수 있었다. 경찰을 부르려고도 했지만, 충분히 증거를 수집할 때까지 절대 하지 말라는 봉수의 당부에 부를 수도 없었다.

막강한 사회적 지위와 재력을 가진 그들이기에 어설픈 증거 능력으로는 법의 심판을 받더라도 쉽게 빠져나올 거라 예상했다. 봉수는 죽음이라는 극한 위험 상황까지 가서라도 진상을 밝히고 싶었다. 때문에 관장은 이러지도 저러지도 못하고 애타게 발만 동동 굴렀다. 그러나 생각보다 사태가 심각해지고 자신마저 현장에 나서는 순간 영원히 이 사건이 묻혀 버릴 것만 같아 관장은 눈물을 머금고 그 장면을 촬영했다.

때마침 김 여사의 자동차 불빛에 기만이 황급히 달아나자 서둘러 봉수를 물 밖으로 꺼내 기적적으로 살렸다. 병원으로 향하는 차 안에서 봉수가 겨우 눈을 뜨고 힘겹게 말했다.

"촬영은? 촬영은?"

"미친놈! 조금만 늦었어도 너 죽었어. 당장 이거 갖고 경찰서 가자."

관장이 눈물과 울분이 뒤범벅된 채 소리를 지르는데, 봉수가 힘겹게 관장의 손을 잡았다.

"아직은 아니에요. 약속해 줘요. 제가 말할 때까지는 그 영상 갖고 계신다고."

"미친 새끼! 야! 이 새끼야! 그놈이 너를 죽이려 했다고."

"관장님! 약속해 주세요."

봉수가 가쁜 숨을 쉬며 마지막 힘을 다해 관장의 손을 힘껏 잡았다.

"아~ 정말 돌아버리겠네."

운전하는 김 여사도 눈물을 글썽이며 뒤돌아봤다. 관장이 분을 참지 못하고 차 시트를 주먹으로 내리쳤지만, 피투성이가 된 그를 보고 이내 고개를 끄떡일 수밖에 없었다. 관장의 허락에 봉수가 그제야 안도의 한숨을 쉬며 깊은 잠에 빠졌다.

얼마나 잤을까? 봉수가 일어났을 때 수영이 병실 침대맡에 엎드려 자고 있다. 봉수가 수영의 머리를 조심히 쓰다듬는다. 낯선 손길에 수영이 깨어난다.

"봉수씨!"

"여긴 어떻게?"

퉁퉁 부어오른 봉수의 얼굴을 수영이 우려스러운 눈길로 본다.

"사람이 왜 그렇게 미련해요?"

"모르겠어요. 이렇게 하려고 한 건 아닌데….

"그 사람들이죠? 큰일 날 뻔했잖아요."

복받치는 감정에 수영의 눈에 눈물이 가득하다.

"나 참 바보 같죠? 그놈 말대로 난 정말 하찮은 인간인가 봐요."

"당신 하찮은 인간 아니에요. 소중한 존재예요."

"수영씨….”

"세상에 하찮은 인간이 어디 있어요? 봉수씨는 제게 소중한 사람이에요.”

봉수가 일어나 앉으려 하지만, 몸이 말을 듣지 않는다.

"가만히 계세요. 의사 선생님이 적어도 일주일 정도는 입원해야 된다고 했어요. 빨리 기운 차리세요. 그리고 이제 저도 봉수씨 이렇게 사는 거 가만 보고 있지만은 않을 거예요.”

"저 같은 놈이 뭐라고? 아무것도 아닌데….”

수영이 봉수의 말에 급격히 흥분하며 자리에서 벌떡 일어나 봉수를 노려본다.

"야! 김봉수! 당신 스스로 자꾸 아무것도 아니라고 하면 마음이 편해? 그게 좋아? 아! 정말 열 받네.”

봉수가 수영의 반말과 격분에 당황하며 어쩔 줄 몰라 한다. 그때 관장이 김 여사와 함께 들어온다.

"뭔 일이야? 둘이 싸워? 봉섭 어머니가 너를 어떻게 간호했는데 이놈이!”

관장이 봉수에게 손을 들어 때리려는 시늉을 하자 수영이 막는다.

"관장님! 이 사람 환자예요. 그리고 앞으로 이 사람 때려도 내가 때려요. 때리지 마세요. 정말 내가 이 사람, 사람 만들어야겠어요. 막 사명감이 솟아나네."

김 여사가 관장의 팔을 끌더니 귓속말로 소곤거린다. 관장이 놀란 듯 두 사람을 쳐다본다.

"그럼 혹 두 사람이 서로 그렇고 그런 사이?"

관장이 검지를 나란히 세우고 우물쭈물하며 수영과 봉수를 본다. 김 여사가 관장의 어깨를 때리며 그런 걸 왜 확인하느냐는 듯 타박한다.

"보면 모르세요? 제가 이 사람 좋아해요. 저 사람은 잘 모르겠지만…."

수영이 봉수를 보며 각성하라는 듯 말을 툭 던지고 머쓱한지 병실을 황급히 나간다. 김 여사가 호들갑을 떨며 마구 손뼉을 친다.

"어머머! 어머머! 세상에. 봉섭 엄마! 완전 극과 극이네. 카리스마 장난 아니네. 딱 내 스타일이야."

"봉수씨! 봉수씨도 봉섭 엄마 좋아해요?"

"몰라요! 몰라요!"

봉수가 애써 상황을 외면하려 하자 관장의 입가에도 미소가 번진다.

"에구, 봉수씨도 좋아하는구면. 에구 세상에. 둘이 언제 그렇게 됐대? 호호호!"

"거참! 이런 미련한 놈이 뭐가 좋다고. 이해할 수가 없네."

관장이 고개를 절레절레 흔든다. 김 여사가 관장을 팔꿈치로 밀치며 눈치를 준다. 봉수도 괜히 기분이 좋은 듯 웃음을 감추며 옆으로 돌아누웠다.

17. 배신의 늪

늦은 밤. 한강이 내려다 보이는 집에서 손아라가 속옷이 비치는 얇은 실루엣 블라우스를 걸치고 와인을 세팅하고 있다. 은은한 불빛과 고즈넉하게 울리는 음악 소리가 감미롭다. 그때 초인종이 울린다. 손아라가 다급히 거울을 보며 옷 매무새를 가다듬고 종종걸음으로 현관으로 나간다.

회사 복도에서 기만이 어디론가 전화를 건다. 손아라다.

"어디야?"

"아! 실장님! 오랜만이시네요."

"요즘 어떻게 지내? 연락도 없고."

"실장님께서 연락이 없으신데 제가 감히 전화를 드릴 수 있나
요?"

"삐쳤구먼, 오늘 저녁 어때? 간만에 술이나 한잔하지?"

"어떡하지? 오늘 선약이 있어서요. 그리고 이젠 저한테 전화
하지 마세요. 한동안 찾지도 않더니….

"하하하! 미안해. 내가 좀 바빴어. 단단히 삐쳤네. 잔말 말고
오늘 저녁에 집에 있어. 갈 테니까."

"실장님! 왜 이래? 내가 아직 옛날 손아라인 줄 아나 봐? 내
가 입만 뻥긋하면 한 방에 날아가실 분이."

기만이 손아라의 말에 놀라며 전화기를 부여잡고 주위를 둘러본다.

"너 미쳤어? 너 왜 그래?"

"암튼, 나도 내 갈 길 갈 거니까 찾지 마시고 잘 사세요."

손아라가 일방적으로 전화를 끊는다. 기만이 핸드폰을 들고 분을 참지 못하고 부들부들 떤다.

"이게 감히 나한테… 기껏 살도록 해 주니까."

침실로 보이는 방안에서 손아라가 전화를 끊자 옆에서 낯익은 중년의 남자 목소리가 들린다. 성길이다.

"누구야?"

"이기만이요. 찌질하게 오랜만에 전화해서 이래라 저래라 명령이야. 개의치 마세요, 부사장님."

"비열한 놈. 이제 그놈도 정리할 때가 됐어. 그놈은 언제 내 목에 칼을 겨눌지 몰라."

"난 그 인간이 너무 무서워요. 부사장님 옆에 그런 사람이 있다는 건 옳지 않아요."

"걱정 마! 곧 회사에서 나가게 될 거야. 제까짓 것이 실장까지 달았으면 성공한 거지. 그놈은 내가 동영상을 가지고 있는 한 나한테 빡빡 기게 되어 있어. 너도 물론 나한테 잘해야 하는 거 알지? 그래도 넌 이쁘니까 용서가 돼. 하하하!"

"아이! 부사장님 너무 짓궂다. 전요 이제 부사장님밖에 없어요. 기품있고 잘생기고 멋진 우리 부사장님이 좋아요. 첫눈에 봤을 때부터….."

손아라가 부사장의 가슴에 얼굴을 묻는다. 부사장이 손아라를 품는다. 손아라의 입술과 손이 부사장의 몸을 현란하게 파고든다.

기만이 손아라의 집 앞에 도착해 초인종을 누린다. 급기야 현관문을 손으로 치지만 인기척이 없다. 기만의 얼굴이 벌겋게 상기된다. 초인종에 대고 격앙된 목소리로 말한다.

"빨리 문 열어?"

그때 문이 열리며 젊은 남자가 잠에서 깬 듯 신경질적인 표정으로 나온다.

"당신 뭐야?"

기만이 낯선 남자의 출현에 아랑곳하지 않고 손아라를 찾는다.

"너 누구야? 손아라 어딨어? 이 미친년, 이제 남자까지 들여?"

기만이 젊은 남자의 제지를 한 손으로 밀치고 다짜고짜 집으로 들어간다. 분명 낯선 환경이다. 손아라의 손때가 묻은 흔적이 없다.

"당신 뭐야? 뭔데 함부로 남의 집에 들어오고 난리야?"

젊은 남자가 어이없다는 듯 두 손으로 머리를 뒤로 쓸어 넘긴다.

"여기 살던 여자 어디 갔어?"

기만이 분을 삭이지 못하고 젊은 남자를 쏘아본다. 젊은 남자가 어이없다는 듯 피식 웃는다.

"여보세요. 근데 아까부터 왜 꼬박꼬박 반말이야? 당신 나 알아?"

상대가 강하게 나오자 기만의 눈동자가 흔들린다. 정신을 차리고 찬찬히 보니 한눈에 보기에도 탄탄한 몸집을 가진 건장한 청년이다. 그래도 갑자기 비굴하게 사과하는 건 아닌 것 같아 나름 품격있게 말을 이어갔다.

"아! 미안해. 너무 화가 나서 그만. 그리고 당신은 누구고, 여기 살던 사람은 어디 갔어?"

"아! 정말 돌아버리겠네. 당신 경찰이야? 나잇살 처먹으면 다 반말해도 되나?"

젊은 남자가 위협적인 자세로 다가서자 팔로 엉거주춤 방어하며 뒤로 물러섰다.

"아! 제가 너무 흥분해서 죄송합니다. 여기 제 여동생이 살아서. 어떻게 된 건지…."

"여동생? 나 여기 이사왔어."

젊은 남자의 말을 듣고 기만이 다시 한번 집안을 눈으로 둘러보다가 건성으로 미안하다는 한마디와 함께 현관 쪽으로 나간다. 그때 젊은 남자가 뒤따라가 기만의 어깨를 잡는다.

"이봐요! 형씨! 미안하다, 그러면 다 해결되나? 남의 집에 막 들어와 다짜고짜 막말하고."

현관 벽에 밀린 기만이 불안한 눈동자를 굴린다.

"미안해요. 정말 미안합니다."

"아니지. 사람이 그러면 안 되지. 가택 무단침입인데 경찰서로 가야지."

경찰서란 말에 기만이 화들짝 놀란다.

"선생님, 죄송합니다. 제가 너무 흥분해서 정말 죄송합니다."

기만이 연신 고개를 숙이며 사죄한다.

"말로만 미안하다고? 안 되겠네. 갑시다, 경찰서."

기만이 지갑에서 잡히는 대로 돈을 꺼내 젊은 사람에게 건넨다. 한눈에 보기에도 제법 되는 액수다. 젊은 남자가 이기만의 지갑에서 눈길을 떼지 못한다. 기만이 마지못해 나머지 돈도 건네고, 지갑에 현금이 없다고 털어 보인다.

"오늘 운 좋은 줄 알아. 그리고 어이! 형씨! 그딴 식으로 살지

마. 애인이었던 것 같은데, 그러니까 떠나지. 가봐 새끼야!"

기만이 연신 고개를 숙이며 아무말도 못하고 현관으로 향한다. 현관문이 닫히자 기만이 움츠렸던 가슴을 펴고 기세 좋게 현관문에 소리쳤다.

"아! 씨발, 이 세상에는 하찮은 인간들이 왜 이리 많은 거야? 버러지 같은 놈."

기만이 혼잣말을 하고 있는데 현관문이 다시 열린다.

"뭐? 나 불렀어?"

젊은 남자의 목소리에 기만의 손이 자연스럽게 공손해졌다. 애써 눈웃음을 지으며 흘깃 보더니 서둘러 인사하고 자리를 뜬다. 기만이 아파트에서 내려가는 것을 보고 젊은 남자가 어디론가 전화를 건다.

"누나! 그 사람 다녀갔어."

"어! 수고했어. 별다른 일은 없었고?"

"완전 좀팽이이던걸요. 처음엔 성질 있겠다 싶더니 나중에 보니 그런 좁쌀도 없어요."

"건드려보고 강하면 수그리고, 약하면 짓밟아 버리는 인간이지. 그래 수고했고. 이제 너 짐 챙겨서 나가."

"조금 더 있으면 안 돼? 누나! 난 여기가 좋은데…."

"나가 새끼야! 까불고 있어. 너 오늘 돈 받았지?"

"무슨 돈이요? 생사람 잡지 마세요."

"새끼야. 다 알아. 그 인간은 항상 폭력과 돈으로 문제를 해결하는 놈이거든. 아마 적진 않을 거야. 일단 그거 너 갖고. 내가 다음에 좀 더 챙겨줄게."

"히히히. 귀신이네, 귀신이야. 알았어요. 내가 누굴 속여."

"그래 수고했어. 모레까지 비워 줘."

늦은 밤, 한강이 내려다 보이는 집에서 손아라가 속옷이 비치는 얇은 실루엣 블라우스를 걸치고 와인을 세팅하고 있다. 은은한 불빛과 고즈넉하게 울리는 음악 소리가 감미롭다. 그때 초인종이 울린다. 손아라가 다급히 거울을 보며 옷 매무새를 가다듬고 종종걸음으로 현관으로 나간다.

"자기 왔어?"

성길이다. 성길이 현관에 들어서자마자 손아라가 품에 폭 안긴다. 성길이 만면에 흐뭇한 미소를 띠고 그런 손아라를 꼭 안아준다.

"내가 너 못 만났으면 무슨 낙으로 살까 싶다. 에그 귀여운 것."

"웅, 자기만 그래? 나도 그래."

성길이 손아라의 입술에 짧은 키스를 한다.

"어때 집은 마음에 들어?"

"그럼요. 자, 어서 이쪽으로 와서 앉으세요."

성길이 손아라가 준비한 만찬 풍경을 보며 짐짓 놀란 표정을 짓는다. 그녀가 와인을 따르며 성길에게 매혹적인 눈빛을 보낸다. 성길이 가볍게 와인 잔을 부딪치며 욕망 가득한 눈길을 보낸다. 손아라의 입술이 은은한 불빛에 반사된 레드와인과 어우러져 고혹적이다. 와인 한 잔에 그녀의 가녀린 목젖이 가볍게 움직인다. 성길의 눈빛이 손아라의 볼록 솟은 가슴에 머문다. 성길이 마른 침을 삼킨다. 손아라가 유혹적인 미소를 띠며 자리에서 일어나 방울토마토 하나를 성길의 입술에 넣는다. 욕정을 참지 못한 성길이 그녀의 입술을 탐닉하고, 양손은 그녀의 탄탄한 엉덩이와 농염하게 익어 터져버릴 듯한 연분홍 젖가슴을 파고든다. 가벼운 신음이 은은한 불빛을 타고 흘러나온다.

거친 폭풍우가 지나간 후 침대 위에서 아라가 성길의 가슴에 고개를 기대고 있다. 성길이 그녀의 머리를 매만진다.
"나 아직 괜찮지?"
"자기 너무 왕성해. 나 완전 천국 보고 왔다니까."
그녀가 교태스러운 몸짓으로 성길의 가슴을 가볍게 친다. 성길이 그녀의 이마에 연신 입술을 맞춘다.
"이뻐 죽겠어."
성길이 그녀를 꼬옥 안는다.

"자기야! 난 이기만이 신경 쓰여. 성질도 고약하고."

"아직도 껄떡거려?"

아라가 말없이 입을 삐죽 내밀고 고개를 끄떡인다.

"이 새끼를 그냥. 어디 넘볼 사람을 봐야지⋯."

"나 어떻게 해보려고 계속 전화하고. 그런데 나 그런 스타일 정말 싫어하거든. 자기처럼 기품 있고 중후한 사람이 난 좋아."

성길이 그녀를 뚫어지게 바라본다.

"자기야! 왜 그런 눈빛으로 봐?"

"너무 예뻐서⋯. 하하하!"

성길이 애써 태연한 척 말길을 돌린다. 손아라가 성길의 표정을 조심스럽게 살핀다. 그의 표정이 미묘하다.

"걱정 마! 나도 그 녀석이 찜찜해. 쥐뿔도 없는 것이 너무 건방져. 곧 내보낼 거야."

"자기한테 이기만에 대해 말하지 않는 게 있는데⋯."

"뭐야?"

"그 사람이⋯."

손아라가 말을 하려다 주저한다.

"무슨 말이길래 이렇게 뜸을 들이지?"

성길이 웃으며 손아라의 머리를 쓰다듬었다.

"봉수를 죽였어!"

"뭐라고? 봉수를!"

성길이 놀라 누워 있다가 벌떡 앉았다. 손아라도 천천히 일어났다.

"놀랄 줄 알았어. 자기가 알고 있어야 그놈 목줄을 쥘 수 있을 것 같아 얘기하는 거야."

"당연하지. 언제? 어떻게?"

"비가 억수처럼 왔던 그날 밤, 자기가 떠나고, 봉수를 목 졸라 살해하고 강에 밀었대."

"뭐야? 그걸 왜 이제야 말하는 거야?"

"내가 직접 본 건 아니고 들은 거라."

"강물에 떠밀려 갔으면 분명 어디서 발견됐을 텐데."

"그날 호우주의보까지 내렸으니까 훼손되면서 멀리 떠내려갈 수도 있잖아요. 아님….'

"아님은 뭐야?"

"아님. 살아서 어디 숨어서 나타나지 않을 수도 있고."

"하~ 이기만 이 새끼 정말 무서운 놈이구나. 사람을 죽이고도 저렇게 태연하게 돌아다니고."

"하찮은 인간이라고 하잖아. 벌레를 죽인 거나 마찬가지라고 얘기하더라고."

"더 서둘러 정리해야 되겠어. 나한테도 그렇게 하지 말란 법 없잖아."

"그러니까 자기도 그 사람이랑 관계 빨리 정리하는 게 맞아요."

"그래. 그래. 고마워. 녀석의 약점은 내가 많이 알고 있어야
꼼짝을 못하지."

"난 자기밖에 없어. 자기만 믿어."

그녀가 성길의 가슴에 다시 머리를 기댄다.

"그럼. 난 요즘 너 때문에 산다. 조금만 더 기다리면 좋은 소
식 있을 거야."

성길이 몸을 돌려 그녀의 몸 위로 올랐다. 그녀의 볼록 솟은
가슴이 눈에 들어온다. 성길의 눈길이 그녀의 가슴에 머문다.

"몰라 몰라! 응큼해."

아라가 손으로 서둘러 가슴을 가린다.

"아니 그렇다고 가릴 것까지야. 하기야 여자는 좀 가리는 게
있어야 멋이지."

성길이 그녀의 가슴을 만지며 천천히 애무하려는 순간 그녀
가 몸을 일으켜 성길의 배 위에 올라탔다.

"오~ 과감한데. 색달라."

성길이 잔뜩 기대에 찬 눈빛을 보냈다. 그때 아라가 말을 이
었다.

"자기야. 그래서 말인데, 나한테 좋은 생각이 있어."

"뭐? 뭐가?"

"그 사람이 보통 다혈질이 아니야. 그래서 조금만 자존심을
건드리면 금방 폭발할 거야. 자기 밑에 사람에겐 엄청 가혹하

잖아.”

“아~ 그건 나중에 얘기해. 지금은 우리한테 집중하자. 네가 하고 싶은 거 지금 나한테 다해 봐. 어서, 아라야!”

손아라가 깊은 숨을 내뱉으며 성길의 귓가를 간지럽히자 성길의 몸이 떨린다. 손아라의 입술이 성길의 입술을 거쳐 아래로 아래로 훑어 내려가자 성길이 신음하며 손아라의 엉덩이를 강하게 부여잡는다. 그 순간 손아라가 성길의 몸에 내려와 옆에 누웠다.

“뭐야? 아이 왜?”

성길이 아이가 투정부리듯 원망 섞인 눈으로 손아라를 봤다.

“이그~ 내가 그렇게 좋아? 앞으로 계속 나 가질 텐데 급하기는.”

“요거 요거 아주 사람을 들었다 놨다 하는구나. 하하하!”

성길이 뜨거운 눈길로 자신을 보는 아라를 꼭 안고 행복에 겨워 흔들었다.

“그러니까 네 말은 그놈을 자극해서 사내 폭력이나 뭐 기업윤리 훼손 이런 걸로 잘라라?”

“어머! 자기 정말 머리 좋다.”

그녀가 손뼉을 치며 성길을 치켜세웠다.

“아니지? 그런 생각을 하는 네가 더 머리가 좋은 거지. 미모에 지혜까지 완벽해. 너랑 있으니까 사는 것 같다. 다시 젊어지는 것 같아.”

그녀가 성길의 품에 다시 폭 안긴다. 성길의 목을 껴안은 그녀가 창밖을 보며 의미심장한 미소를 띤다. 성길의 표정도 미묘하다.

18. 사랑과 증오

"우연이라기엔 타이밍이 너무 기가 막혀. FM대로 하는 영업팀장이 갑자기 나한테 소리를 지르고, 쓰러지자마자 부사장이 들어오고. 폭력으로 징계위원회 회부한다고 하고. 이건 완벽한 함정이야. 딱딱 맞아떨어지잖아. 김성길! 이 개새끼! 수작에 걸려든 거야. 아~~ 씨팔. 어떡하지?"

　기만이 자신의 방에서 기획실장이라고 적힌 자신의 명패를
어루만지며 혼잣말을 한다.

　"이걸로 만족하기엔 이르지. 기만아! 이제 시작이야. 부사
장, 사장까지 아직 갈 길이 멀다."

　그때 기만의 방에 전화벨이 울린다. 기만이 유쾌한 목소리로
전화를 받는다. 부사장이다.

　"실장이 된 지가 언젠데. 너무 조용한 것 같아. 이 실장!"

　기만의 얼굴에 웃음기가 가신다.

　"부사장님! 그렇지 않아도 준비하고 있습니다. 조금만 기다
려 주십시오."

　"그래. 기대하겠어."

성길이 건조하게 전화를 끊는다.

"이제부터 나를 갈구겠다. 너도 그 자리 계속 차지할 것 같아? 내가 너의 목을 칠 거니까 기다려라 김성길!"

기만이 섬뜩한 웃음을 지으며 인터폰으로 비서를 부른다.

"영업팀장 들어오라고 해!"

조금 뒤 영업팀장이 깍듯이 인사하고 들어온다. 봉수가 홍보팀장으로 있을 당시 봉수의 의견을 지지했던 영업팀장이다. 한눈에 보기에도 기만보다 나이가 많다.

"박 팀장! 내가 기획실장이 된 지 언젠데 내 구미에 당길 만한 영업기획안이 없어요? 당신 내가 아직도 팀장으로 보이나?"

영업팀장의 표정이 굳어진다.

"이보세요! 박 팀장, 당신이 나보다 입사 빠르고 나이 많다는 것도 아는데, 그걸로 나한테 대우받을 생각 마세요! 일주일 안에 새로운 기획안 가져오지 않으면 회장님께 보고드려 인사 조치 할 거니까 긴장 좀 하세요."

"실장님! 일주일은 너무 시간이 촉박한 데 최소 2주는 주셔야…."

"지금이 어떤 세상인데 2주나 기다려요? 그동안 도대체 뭐 한 거야? 획기적인 영업기획안을 갖고 오란 말이야. 경쟁사 신제품이 쏟아지는데 당신은 아직도 입사 때 써먹던 방법을 그대로 쓰고 있잖아요. 회사에 머리만 들고 왔다 갔다 하지만 말고 고민을 좀 해보세요. 그러니까 만년 팀장으로 있지, 쯧쯧."

"야! 이기만 너 말 다 했어?"

영업팀장이 눈을 치켜뜨며 기만 앞으로 다가간다. 기만이 결재판을 책상 위에 패대기치며 더 큰소리를 지르며 자리에서 벌떡 일어난다.

"어디서 함부로 소리쳐? 당신 미쳤어? 나 당신 상사야!"

"그래, 미쳤다. 김봉수도 그렇게 회사 나가게 만들더니. 이젠 나구나. 어차피 어떤 기획안 갖고 오더라도 마음에 안 들어 할 거잖아. 내가 너 밑에서 더럽고 치사해서 그만둔다. 나쁜 새끼."

기만이 자리를 박차 일어나 박 팀장의 멱살을 잡고 문 앞으로 밀친다. 쿵 하는 소리와 함께 여비서가 쫓아 들어온다.

"무슨 일이세요?"

여비서가 기막힌 상황에 놀라 자리에 주저앉아 어쩔 줄 모른다.

"야! 너! 직장 상사한테 그게 할 말이야. 내가 너 상사란 말이야."

기만이 박 팀장을 바닥에 내동댕이쳤다. 지켜보던 비서가 놀라 비명을 지른다. 쓰러진 박 팀장이 어깨를 부여잡고 괴로워한다.

그때 김성길 부사장이 들어왔다.

"무슨 일이야?"

"부사장님!"

부사장의 등장에 기만이 당황한 기색이 역력하다. 박 팀장이 성길을 흘깃 보더니 천천히 어깨를 만지며 자리에서 일어나 부사장에게 엉거주춤 인사한다.

성길이 박 팀장의 헝클어진 옷매무새를 보고 기만을 윽박지른다.

"당신 깡패야? 사내에서 상사가 폭력을 행사해?"

부사장의 큰 분노에 기만이 당황한 기색이 역력하다.

"부사장님! 이건 명백히 규정을 어긴 거예요? 어떻게 상사의 정상적인 업무지시에 대들고, 이건 명백한 하극상입니다. 또 먼저 시비를 건 쪽은 박 팀장입니다."

"이 실장! 지금 날 가르치는 거야? 이 사람 이거 안 되겠구먼, 아래위가 없어."

"부사장님! 그게 아니라….."

"사람을 폭행해 놓고 반성의 기미도 없고….."

"부사장님이 어떻게 저한테….."

기만이 분노에 찬 눈빛으로 성길을 쏘아본다.

"뭐야? 당신! 상사를 째려봐? 안 되겠군, 둘 다 경위서 제출해. 이건 사내 폭력이야. 징계위원회에 회부해서 결정해야겠어."

성길이 자리를 박차고 나간다. 박 팀장도 이기만을 쏘아보며 부사장을 따라 나간다.

"저! 새끼가!"

기만이 신경질적으로 앞에 있던 의자를 발로 차고는 무슨 생각이 든 건지 숨을 고른다.

"가만 가만, 저것들 뭐야."

순간 기만이 자못 심각한 표정을 짓는다.

"우연이라기엔 타이밍이 너무 기가 막혀. FM대로 하는 영업팀장이 갑자기 나한테 소리를 지르고, 쓰러지자마자 부사장이 들어오고. 폭력으로 징계위원회 회부한다고 하고. 이건 완벽한 함정이야. 딱딱 맞아떨어지잖아. 김성길! 이 개새끼! 수작에 걸려든 거야. 아~~ 씨팔. 어떡하지?"

기만이 의자에 털썩 앉아 깊은 시름에 잠긴다.

늦은 저녁, 봉수와 수영이 한강 둔치를 나란히 걷고 있다. 늦가을제법 쌀쌀한 바람이 몸을 움츠리게 한다.

"봉수씨! 제 생각엔 그 사람들이랑 이제 엮이지 않는 게 좋겠어요. 그 사람들이 무서워요. 동영상을 경찰에 제출한다고 해도 그 사람들 로펌 통해 소송하면 별로 달라지는 건 없을 것 같아요. 혹여 그 사람들이 교도소에 들어가더라도 그 이후가 더무서워요. 과거에 얽매여 우리 삶이 계속 힘들 거 같아요."

수영이 대답을 들으려 봉수를 바라보지만, 봉수는 주머니에 손을 넣고 말없이 걷기만 한다.

"많이 억울하고, 분한 건 알긴 하지만, 봉수씨도 그 사람들한테 대응하는 과정이 꼭 옳다고만은 볼 수 없어요. 어쩜 무모하게 느껴져요."

봉수가 깊은 한숨을 내쉬더니 수영을 그윽한 눈길로 본다.

"그렇죠? 내 삶을 제쳐두고 누군가를 증오하면서 평생 산다는 건 참 바보 같은 짓이죠. 그 사람은 발 뻗고 편히 잘 텐데, 증오하는 사람만 지옥에 사는 거니까요. 이번에 죽음의 문턱까지 가 보니까 살고 싶더라고요. 질긴 것이 목숨인가 봐요."

"네, 봉수씨도 충분히 잘 살 수 있어요. 그 사람들하고 얽히지 마세요."

"수영씨!"

봉수가 가던 길을 멈추고 나지막이 속삭인다.

"수영씨! 고마워요. 수영씨가 아니었다면, 전 아직도 복수심에 불타 어떻게 했을지 모르겠어요. 수영씨 만나고 온전한 내

삶을 누려야겠다는 생각이 들었어요. 어려서부터 아버지 없이 외톨이로 자라 열등감이 심했던 거 같아요. 이젠 나답게 살아보도록 노력할게요."

봉수가 수영을 꼭 안았다. 수영이 봉수의 가슴에 더 깊이 안긴다. 그리고 어느덧 봉수의 입술이 수영의 이마를 타고 천천히 내려온다. 수영의 얼굴이 멀리 네온사인에 반사돼 더욱 곱게 느껴진다. 맑은 눈으로 봉수를 바라보는 그녀의 입술에 봉수의 입술이 닿는다. 한강 둔치의 가을바람이 두 사람을 감싼다.

기만이 자신의 방에서 징계위원회가 개최된다는 공문을 보고 책상을 친다. 자리에서 일어나 창문을 보며 혼자 골똘히 생각에 잠겨 있다. 어디론가 전화를 건다. 손아라다.
"너! 어디야? 너 누구 마음대로 이사하라고 했어?"
"이 실장님! 그렇게 안 봤는데, 사람이 좀 많이 찌질하네요. 전화하지 말라고 했잖아요?"
"뭐? 찌질! 터진 입으로 지껄이면 다 말인 줄 알아?"
"저한테 무슨 볼일이 남았나? 우리 사이는 이제 아무것도 아닌데."
"누구 맘대로 네까짓 것이 일방적으로 끊어? 아무것도 아닌 년이 까불고 있어."

"아! 아무것도 아니다. 내가 당신의 비밀을 아는 유일한 사람
인데. 내가 옛정을 생각해서 의리를 지키고 있는데. 자꾸 자극
하면 나도 내가 어떻게 변할지 몰라. 그러니까 끊어!"

"야! 야!"

대답이 없다. 기만이 핸드폰을 손에 들고 부들부들 떨더니 바
닥에 내팽개친다.

"걸리기만 해 봐. 아주 가만 놔두지 않겠어. 나를 무시해! 하
찮은 인간들이 왜 이렇게 고개를 쳐드는 거야. 씨발."

기만이 부서진 핸드폰을 발로 사정없이 발로 밟는다.

그때 사무실로 전화벨이 울렸다. 기만이 가쁜 숨을 가라앉히
며 자리에 천천히 앉아 전화를 받는다. 손아라다.

"핸드폰이 안 되더라고. 박살을 냈나 봐? 성질하고는. 분노
조절 장애야. 검사해 봐. 호호호!"

"이 씨발년이! 지금 당장 나와! 너! 어디야?"

"참 욕 찰지네. 그래. 나도 할 말이 있기도 하고. 죽은 사람
소원도 들어준다는데. 어디서 볼까?"

"이태원 그 레스토랑으로 지금 바로 와."

"알았어. 너무 화내지 말고. 그러다 혈압으로 쓰러져."

이번에도 손아라가 일방적으로 전화를 끊는다. 기만이 수화
기를 들고 부들부들 떤다.

"씨발년이. 오늘 저녁에 아주 아작을 내 버려야지."

기만이 울분을 삼키며 주먹을 움켜쥔다. 눈에 핏대가 금방 터져 나올 듯하다.

약속된 장소에 기만이 나타났다. 주변을 두리번거려 봐도 그녀의 모습이 보이지 않는다. 기만이 창가에 앉았다. 잠시 뒤 손아라가 모습을 드러냈다. 무표정한 얼굴로 그녀가 자리에 앉았다.

"용건이 뭐예요?"

"야야야!"

기만이 자기도 모르게 소리를 지르고는 머쓱해서 주위를 둘러본다. 주위 사람들이 일제히 둘이 앉은 곳으로 시선이 쏠렸다.

"도대체 너 왜 그래?

손아라가 몸을 기만 쪽으로 내밀더니 조용히 천천히 음미하듯 반말로 귀에 속삭인다.

"너 살인자잖아. 난 너 같은 애 싫어. 넌 내가 그 사실을 알고 있는데 무섭지도 않니? 네가 가만히 있으면 나도 가만히 있을 거야. 그래도 그동안 정도 있고 해서 나왔어. 앞으로 날 건들면 나도 가만있지 않을 거야. 내 마지막 경고야!"

손아라가 자리에 일어났다. 기만이 냉소적인 미소를 띠더니 이내 얼굴이 분노로 일그러진다. 손아라가 말을 마치고 발걸음을 떼려고 하자 기만이 그녀의 손목을 잡았다.

탁자 위에 있던 기만의 손이 부들부들 떨더니 기어코 한 손이 올라갔다. 그때 그의 손을 누군가가 잡았다. 성길이다.

"이 실장! 무슨 짓이야?"

기만이 놀란 눈으로 성길을 봤다.

"부사장님!"

"이 사람 회사에서도 그러더니만, 폭력이 아주 상습적이구만."

"부사장님! 그게 아니라….."

기만이 당황하며 말을 제대로 잇지 못한다. 성길과 손아라가 무언의 눈빛을 교환한다.

"이분은 손아라씨잖아?"

성길이 짐짓 모른 채 손아라를 보며 눈인사를 건넨다. 손아라도 당황한 표정을 연기한다.

"무슨 일이야?"

"부사장님은 여길 어떻게?"

"내가 먼저 물었잖아."

"아무것도 아닙니다."

"아무것도 아닌데 손이 올라가? 암튼 이 실장 회사에서 보자구."

성길이 자리를 뜨려 하자 손아라가 그를 부른다.

"부사장님! 저도 같이 나가요. 저 사람이 어떻게 할지 몰라서 무서워요."

"잠깐! 잠깐! 잠깐만요. 부사장님! 이거 부사장님 나오는 타이밍이 매번 기가 막힙니다."

기만이 돌아서려는 부사장을 세우고 그 앞에서 거들먹거리며 천천히 말을 이어간다. 부사장이 고개를 돌려 기만을 본다.

"생각해 보세요. 영업팀장이 쓰러지자마자 짠 나타나고, 오늘도 이 시점에 짠하고 나오고, 이거 우연치고는 타이밍이 너무 기막히지 않아요?"

기만이 혀를 굴리며 비열하게 웃는다.

"요즘 드라마 많이 보나 봐? 무슨 말 같지도 않은 소리 하고 있어. 여기 약속 때문에 왔다가 우연찮게 그렇게 된 거지. 자기 잘못은 생각지도 않고, 아주 못 쓸 사람이구만. 가지."

성길이 서둘러 발길을 돌린다. 손아라가 기만을 흘깃 보다가 성길을 쫓아 쪼르륵 달려간다. 기만이 부사장을 부르며 뒤따라간다. 현관에 마련된 승용차에 성길과 손아라가 나란히 탄다. 기만이 뒷좌석 창문을 두드리지만, 부사장이 힐긋 보더니 떠난다. 기만이 두 주먹을 불끈 쥔다.

'저 년놈들 가만두지 않겠어. 늙은 너구리가 꽤 머리를 썼어. 그런데 부사장은 왜 아라를 감싸고 돌지? 분명 그때 나랑 관계하는 사진을 봤을 텐데… 저놈들 머릿속에 무슨 꿍꿍이가 있는 거야?'

기만이 혼잣말을 하며 사라져 가는 승용차를 본다. 차가운 초겨울 바람이 기만의 폐 속 깊숙이 파고든다.

19. 잔인한 그해 겨울

성길이 징계위원회 위원장으로 앉아 있다. 회의에 참석한 사람들의 표정이 심각하다. 그때 전화가 울린다. 이기만이다. 성길이 전화를 받지도 않고 끊는다. 곧이어 문자가 온다.

"징계위원회에서 해고한다면 나도 가만있지 않아요. 잘 생각해서 처리하세요."

    늦은 저녁, 봉수가 체육관 홍보를 위해 전단지를 매만지고 있다. 관장이 봉수를 보며 흐뭇한 표정을 짓는다.

    "확실히 사람이 달라졌어. 이게 네 직장이라고 하니까 자세가 다르네, 달라."

    "그럼요. 여기가 이제 제 밥줄인데요. 열심히 해야 나한테 좀 떨어지지요. 그렇게 말만 하지 말고 좀 거들어요."

    "뭐? 나 관장이야. 관장이 뭘 그런 걸 해?"

    "에고. 이 코딱지만한 체육관 갖고 유세는… 아! 참 건물주구나. 부럽다. 그렇지 건물주면 안 해도 되지."

    봉수가 혼잣말을 하며 투덜거린다. 관장이 봉수의 머리를 쥐어박는다.

    "야! 말이면 다 말인 줄 알아?"

"아야! 제가 지금 마흔이 넘었어요. 관장님! 어린 애 아닙니다."

봉수가 머리를 손으로 매만진다.

"입만 살아 가지고. 있다가 붙일 때 같이 나가자."

관장의 표정에 웃음이 묻어난다.

잠시 후 관장과 봉수가 거리로 나간다. 전봇대에 전단지를 붙이며 둘이 서로서로 티격태격 장난친다. 건널목 앞에서 전단지를 붙이는 그때 신호를 받기 위해 대기하고 있던 기만이 둘의 유난스런 장난에 눈길을 돌린다.

"나잇살 먹고 저러고 사네. 하찮은 새끼들, 꼴값을 떨어요."

기만이 담배를 한 대 물려고 하다가 다시 그들에게 눈길이 머문다. 어디선가 많이 본 듯한 얼굴이다. 봉수다. 기만이 입에 물었던 담배가 바닥에 떨어진다. 창문을 열어 다시 그들을 본다. 분명 김봉수다.

관장과 봉수가 전단지와 테이프를 들고 활짝 웃으며 걷는다. 기만이 더 그들의 모습을 보려고 고개를 돌리는데, 뒤에서 자동차 경적이 울린다. 기만이 눈을 떼지 못하고 차를 움직인다. 기만 뒤로 멀리 봉수가 지나간다.

"저 새끼! 저거 김봉수 아냐? 어떻게 된 거지?"

기만이 달리던 차를 길가에 세우고 서둘러 그들을 쫓았다. 기만이 건물 한쪽 귀퉁이에 숨어 그들을 지켜본다. 봉수가 관장과 잡담을 하며 전단지를 붙이고 있다. 분명 김봉수다.

"봉수야! 이제 들어가자. 오늘은 이만하면 됐어. 수고했어."

관장이 봉수의 등을 두드리며 분명 봉수라고 부르는 소리에 기만이 소스라치게 놀란다.

'살아 있었어. 그런데 왜 가만히 있는 거지? 무슨 수작을 부리려고 저러는 거야?'

기만이 황급히 어디론가 전화를 건다. 성길이다. 전화를 받지 않는다.

"이런, 개새끼! 이젠 전화도 받지 않겠다?"

다음날, 기만이 부사장 비서실 직원과 실랑이하고 있다.

"부사장님께서 실장님은 들여보내지 말라고 하셨습니다. 실장님 죄송하지만, 나가 주십시오."

비서실 여직원이 깍듯이 예의를 다해 말한다.

"안에 계시죠? 들어가겠습니다. 꼭 만나서 할 말이 있습니다."

비서실 여직원이 제지하지만, 기만이 방문을 열고 들어간다. 성길이 불쾌한 표정으로 기만을 본다.

"뭐야? 무례하게."

"긴히 드릴 말씀이 있습니다."

"징계위원회 관련 건이라면 나가 봐! 들을 것도 없어."

"아닙니다. 그게 아니라 꼭 알아야 할 내용입니다."

성길이 비서에게 나가라고 눈짓을 준다. 직원이 나가자 기만이 앞으로 바짝 다가섰다.

"김봉수가 나타났습니다."

성길이 자리에서 벌떡 일어났다.

"뭐? 김봉수가?"

"부사장님! 왜 그렇게 놀라십니까?"

성길이 헛기침을 하며 다시 자리에 주춤거리며 앉았다.

"아니, 한동안 잊고 있다가 갑자기 이야기하니까. 그런데 왜?"

"부사장님은 다 알고 계셨지요? 손아라가 가만히 있을 리 없지."

"지금 무슨 말을 하는 거야?"

성길이 책상을 치며 소리를 쳤다.

"네네네. 알겠습니다. 어쨌든 부사장님과 전 한배를 탔습니다. 이럴 때일수록 방향을 잘 잡고 순항을 해야지요. 삐끗하면 배가 전복됩니다."

"뭐야? 지금 날 협박하는 거야?"

"암튼. 그놈이 가만히 있지 않을 겁니다. 우리가 먼저 손을 써야할 것 같아 말씀드리는 겁니다."

성길이 곰곰이 생각하며 천천히 소파에 앉는다.

"왜? 또 죽이려고? 살아 있으면 오히려 다행이지. 적어도 살인은 아니니까."

"부사장님! 그놈이 우릴 가만 놔두지 않을 겁니다."

"우리라니? 당신이 다 저질러놓고."

"부사장님 비리도 만만찮습니다. 설마 저 혼자 짊어지라는 건 아니시죠?"

"뭐야?"

성길이 다시 자리에서 일어나 노려보다가 앉는다.

"그래서, 그래서 어떡할 건데?"

"그건 생각을 좀 해 봐야 할 것 같은데… 일단 이번 징계 건은 부사장님이 해결해 주십시요."

"안 돼!"

성길이 단호하다.

"저랑 부사장님은 그날 같이 있었고 제가 잘못되면 부사장님도 혐의를 벗기 어려울 텐데요."

기만이 빈정거리는 말투로 떠본다.

"뭐야? 네가 죽인 거잖아. 난 널 구해 준 거밖에 없어. 그런데 은혜를 저버리고 날 협박해? 내가 아니었다면 넌 지금 이 자리에 없어!"

성길이 역정을 내며 기만을 벌레 보듯 쳐다본다.

"혹 제가 잘리면 저도 가만있지 않겠습니다. 부사장님도 어쨌거나 그동안 받아 드신 거 생각하면 관계가 전혀 없다고 할 수 없죠. 저 혼자 죽을 순 없잖아요."

"뭐야? 이런 양아치 같은 새끼!"

성길이 소리를 치며 일어나자 기만이 목례를 하고 뒤도 돌아보지 않고 나간다.

"나쁜 새끼! 그래 네가 그렇게 나온단 말이지. 내가 죽인 것도 아닌데. 제까짓 놈이 나가면 뭘 어쩌겠어. 내가 호랑이 새끼를 키웠어. 빨리 정리해야지."

성길이 혼잣말을 하며 주먹을 쥔다.

체육관 앞 도로, 차 안에서 기만이 체육관을 응시하고 있다. 얼마 뒤 수영이 체육관으로 올라간다. 잠시 뒤 수영이 봉수의 팔짱을 끼고 내려온다.

"맞아. 분명 봉수야. 여기 체육관도 저놈이 다니던 곳이고. 저 여자는 뭐야? 팔짱을 낀 거 봐서는 애인쯤이나 되나? 꼴에."

기만이 차에서 내려 그들을 쫓아간다. 봉수와 수영이 한껏 밝은 표정으로 웃으며 한 식당으로 들어간다. 기만이 식당 유리로 그들을 힐끗 본다. 둘 사이가 연인관계임을 알 수 있다. 기만이 뒤돌아서서 알 수 없는 미소를 짓는다.

기만이 차를 식당 건너편에 세우고 식당을 주시한다. 이윽고
봉수와 수영이 나와 손을 흔들며 헤어진다. 기만이 차에서 내
려 수영을 쫓아간다. 얼마 지나지 않아 작은 미장원으로 수영
이 들어간다. 기만이 차를 세우고 가게로 향한다. 수영이 미장
원을 정리하고 있다. 기만이 미장원 안을 살피더니 문을 열고
들어간다.

"어서 오세요!"

수영이 반갑게 기만을 맞이한다.

"컷트 되죠?"

"그럼요. 여기 앉으세요."

기만이 윗도리를 벗고 의자에 앉았다.

"어떻게 깎아 드릴까요?"

"살짝 다듬어 주세요."

라디오에서 DJ와 게스트 간에 시끌벅적한 소리가 미장원을
가득 채운다.

"원장님! 상당히 미인이십니다."

수영이 기만의 말에 피식 웃더니 말없이 머리를 다듬는다.

"원장님! 혼자 일 하세요?"

"손님! 그냥 머리 깎으시지요? 집중이 잘 안 돼서요."

수영이 기만을 보지도 않은 채 말을 끊는다.

"아! 보기보다 깐깐하시네. 흡."

기만이 코웃음을 친다. 수영이 흘긋 그를 보더니 다시 머리를 자른다.

두 사람 사이에 정적이 흘렀다. 가위 부딪히는 소리와 라디오 가 어색한 공백을 메웠다. 이윽고 기만이 이발을 마치고 겉옷 을 걸치고 거울을 본다. 그리고 갑자기 반말이다.

"음! 머리는 제법 깎네. 얼마지?"

"만오천 원입니다."

수영이 언짢은 표정으로 기만을 보지도 않고 말한다. 기만이 지갑에서 2만 원을 꺼낸다.

"아! 거스름돈 필요없어. 아! 왜 더 주냐고? 재주가 좀 있는 것 같아서. 팁이야."

"뭐 이런 사람이 있어! 야! 여기가 술집이니? 꼴랑 커트 하나 하고 반말에 팁이라고? 기가 차서."

수영이 오천 원을 기만에게 건넨다.

"오호. 누구처럼 성격도 있네. 꼴랑 미장원 하는 주제에. 허 허 참!"

"뭐야? 이보세요? 말을 가려 하시죠?"

"됐고. 봉수랑은 그렇고 그런 사이인가 봐?"

기만이 새끼손가락을 들어 올려 보이며 비열한 웃음을 지으며 수영을 본다.

"하기야, 하찮은 인간은 하찮은 인간들끼리 만나기 마련이지."

"뭐라고? 당신 누구야?"

기만이 코트 깃을 세우더니 수영에게 한 발짝 다가선다. 수영이 뒤로 조금 물러선다.

"봉수한테 전해. 용케 살아왔다고. 내 눈에 띄지 말라고 해! 허튼수작하면 알지?"

기만이 손으로 목을 자르는 손짓을 보인다.

"그런데 넌 좀 예쁘장하게 생겼네. 봉수 같은 인간하고 어울리지 않아. 남자도 많은데 하필 그런 놈한테 눈길을 주다니 안타깝네."

"당신이 이기만?"

수영이 부르르 몸을 떨며 그를 쏘아본다.

"아! 벌써 얘기를 했나 보군. 이런 입도 싸네. 암튼 살고 싶으면 조용히 죽어지내라고 해."

기만이 거들먹거리며 나가자 수영이 치를 떨며 쫓아 나가지만, 기만이 저만치 혼자 유유히 가고 있다.

그날 저녁, 수영이 체육관을 찾았다. 봉수가 열심히 회원들에게 미트를 대주며 권투를 가르치고 있다.

　"아! 제수씨! 어쩐 일로? 오늘은 일찍 왔네? 회원으로 등록하시게?"

　수영이 관장의 말에 어색한 미소를 살짝 비추더니 봉수를 다급히 찾았다. 봉수가 잠시만 기다리라는 눈짓을 보이며 하던 일을 계속한다.

　"제수씨도 운동해야 해. 몸매 관리에 복싱이 최고지. 싸게 해줄게. 뭐 우린 아는 사이니까 10% 정도는 할인…."

　관장이 눈치도 없이 농담을 건넨다. 수영이 관장의 말을 끊는다.

　"관장님! 그놈이 나타났어요."

　"그놈? 그놈이라니? 나쁜 놈들이 한둘이어야지?"

　"이기만."

　"뭐?"

　"어디서 어떻게 알고?"

　"우리 가게에 왔어요."

　관장이 황급히 봉수를 부른다. 봉수가 미트를 접고 관장에게 천천히 다가온다.

　"좀 빨리 와봐! 아! 속 터져."

　"그놈이 나타났대."

"누구?"

수영이 끼여든다.

"이기만이요."

봉수의 표정이 심각하다.

"그 사람이 수영씨를 어떻게 알아요?"

"우리 가게에 와서 커트하고 갔어요. 처음엔 모른 척하다가 봉수씨와 관계를 묻더군요. 알고 온 거예요."

"녀석이 뭐라고 하던가요?"

"그 사람, 두려워하거나 반성하는 기미는 전혀 없고, 당신 만나면 허튼 수작 말라고 전해 달라고 했어요."

"나쁜 놈!"

봉수가 두 주먹을 불끈 쥔다.

"야! 네가 뭐가 두려워! 그거 동영상 경찰에 제출해! 그 녀석은 그거 생각지도 못하고 있을 거니까. 반성의 기미도 없는데."

관장이 손을 털며 봉수를 봤다. 봉수가 골똘히 생각한다.

성길이 징계위원회 위원장으로 앉아 있다. 회의에 참석한 사람들의 표정이 심각하다. 그때 전화가 울린다. 이기만이다. 성길이 전화를 받지도 않고 끊는다. 곧이어 문자가 온다.

"징계위원회에서 해고한다면 나도 가만있지 않아요. 잘 생각해서 처리하세요."

성길이 문자를 보고는 피식 혼자 웃는다. 잠시 후 회의가 시작되자 모두 발언을 한다.

"오늘 징계위원회는 이기만 실장의 사내 폭력입니다. 감사위원회에서 최종 결정에 앞서 사규에 따라 이기만 실장의 최후 변론을 들어 보도록 하겠습니다."

기만이 앞문으로 당당히 들어온다. 성길과 눈이 마주치자 깍듯이 인사한다. 성길이 눈빛을 회피한다. 기만이 가소롭다는 듯한 미소를 띠며 자리에 앉는다.

"이기만 실장 최후 변론하세요."

"이번 사건은 우발적으로 사소한 말다툼은 있었지만, 폭력이라니 절대 있을 수 없는 일입니다. 영업팀장이 저를 음해하려고 일부러 큰 동작으로 넘어진 것입니다. 다친 곳도 없잖아요. 그리고 여기에는 부사장님도 관련되어 있습니다."

회의에 참석한 사람들이 성길이 관련되어 있다는 말에 웅성거리기 시작한다. 부사장의 표정이 분노로 실룩거리다 애써 태연한 표정으로 미소를 짓는다.

"자! 자! 조용하세요!

이내 회의에 참석한 사람들의 이목이 성길에게 모인다. 기만이 미소를 지으며 성길을 본다.

"이기만씨! 이 사안은 감사실에서 이미 조사가 끝난 사안이에요. 안건에도 없는 걸 이 자리에서 언급하는 건 적절하지 못한 것 같습니다. 여기서 그런 말 한다고 여기 있는 사람들이 믿을 거라 생각합니까? 여러분 이게 말이 되나요? 몰리니깐 막 엮으시네요."

부사장이 회의 참석자들을 보며 허탈한 웃음을 지으며 동의를 구한다. 회의 참석자들 또한 고개를 끄떡거리며 성길의 의견에 동조한다.

"그렇겠죠? 부사장님은 모른 체하시겠지. 뭐 감사실 징계요구안도 다 부사장 입김에 맞춰서 나왔을 거고. 이제 소송으로 가야지 뭐. 부사장님 이길 자신 있습니까?"

그때 회의 참석자 중 한 사람이 격앙된 표정으로 말했다.

"이기만씨! 여긴 지금 당신을 징계하기 위해 모인 자리입니다. 지금 어디서 근거도 없는 이야기를 하고 있습니까? 당신이 얼마나 우리 조직을 우습게 보는지 이 자리에서 알 것 같습니다. 그간 회사의 기여도를 생각해서 퇴직금으로 챙겨주려고 해임으로 의견을 모았는데 아닌 것 같습니다. 저는 파면을 주장합니다."

성길이 흐뭇한 표정을 짓는다. 기만이 성길을 째려보며 자리에서 일어났다.

"이건 명백히 부사장, 저 사람과 영업팀장의 음모입니다. 전 결백합니다."

성길이 안경을 벗고 차분하게 말했다.

"이기만 실장! 증인이 있잖아요. 여비서가 그 자리에 있었잖아요. 여비서 오라고 합니까? 어디서 거짓말을 합니까."

"그건 내가 저 사람이 쳐놓은 함정에 빠진 거라고!"

기만이 분노에 찬 눈길로 부사장을 가리킨다. 성길이 무시하고 회의를 진행한다.

"김성길. 너 가만 놔두지 않겠어. 두고 보라고. 당신! 가만두지 않을 거야."

"자! 자! 여기서 막 나가는 걸 보니 이거 뭐 의견 물을 것도 없을 것 같은데, 어쨌든 의견을 모읍시다. 그 전에 이기만 실장은 밖으로 나가주세요."

기만이 성길을 향해 달려가려고 몸부림을 치자 직원들이 제지한다. 기만이 나가자 참석자들이 웅성웅성하며 기만을 성토했다. 참석자 중 한 사람이 한껏 격앙되어 말했다.

"이기만 실장은 지금 이성을 상실한 것 같습니다. 자신의 죄도 뉘우칠지 모르고 오히려 함정이니 음모니 하며 분란을 조장하고 있습니다. 파면이 마땅하다고 생각합니다."

"자! 여러분 의견은 어떻습니까?"

성길의 말에 참석자들이 옆 사람과 얘기하며 고개를 끄떡인다.

"네. 그럼 오늘 징계위원회에서 이기만 실장을 파면하는 것으로 결정하겠습니다. 제12차 징계위원회를 마치겠습니다."

성길이 망치를 세 번 치고 자리에서 일어난다.

손아라의 집에 성길이 소파에 앉아 있다. 손아라가 과일 접시를 들고 다가와 옆에 앉는다.

"오늘 이기만 파면됐어."

"어머, 어머! 잘됐다. 너무 잘됐다."

손아라가 성길의 품에 안긴다. 성길이 그녀의 등을 토닥인다.

"그 자식 나갈 때 날뛰던데. 아무 일 없겠지?"

"회사 나가면 제까짓 게 뭘 하겠어요? 아주 잘 하셨어요."

성길이 손아라를 가볍게 떼어 내며 빙긋 웃는다.

"또 하나 좋은 소식있어. 이번 CF 모델로 너를 캐스팅 하기로 최종 결정했어."

"정말?"

손아라가 자리에서 일어나 방방 뛴다. 그러더니 다시 안기며 가볍게 입맞춤을 한다.

"그렇게 좋아?"

손아라가 함박웃음을 머금은 채 고개를 끄떡인다.

"지난번 CF 이후에 논란이 있었지만, 그게 오히려 지명도를 올린 것 같아."

"이번에 CF 찍으면 난 더 크게 성장할 거야. 이게 모두 자기 덕분이야."

손아라가 다시 성길의 품에 안긴다.

"네가 좋아하는 것을 보니 나도 좋아 죽겠다. 아라야!"

손아라가 그의 품에 폭 안긴 채 야릇한 미소를 짓는다.

20. 해후

"성실한 사람을 하찮게 여기고 우습게 보는 당신들이 미친 거야. 당신 삶
이 중요하면 다른 사람 삶도 중요하다는 걸 왜 몰라. 지금 와서 후회해 봐
야 부질없는 짓이지만, 봉수씨에게 정말 미안해."

　봉수가 체육관을 밀대로 열심히 청소하고 있다. 그때 우당탕
소리와 함께 기만이 술이 잔뜩 취한 채 체육관 문을 박차고 들
어왔다.

　"김봉수! 김봉수! 나와!"

　관장이 요란한 소리에 밖으로 나온다. 봉수가 무덤덤한 얼굴
로 기만을 본다.

　"이 자식이, 여기가 어디라고. 나가 임마!"

　관장이 그를 보자마자 소리를 쳤다. 기만이 관장의 말을 무시
하고 봉수에게로 걸어간다.

　"어! 저놈 봐라. 저저저! 이봐! 어이 어이!"

　관장이 기만의 어깨를 잡자 사정없이 관장을 밀친다. 관장이
놀라며 바닥에 꼬꾸라졌다.

"김봉수! 너 어떻게 살았어? 너 죽어 있어야 하는 거잖아."

기만이 주먹으로 치려고 하자 봉수가 살짝 피하면서 기만이 제풀에 맥없이 바닥에 쓰러져 신음한다.

"나가! 좋은 말 할 때 나가! 내가 다 용서할게. 그동안 당한 것 생각하면 많이 억울하지만, 또 너랑 얽매이는 게 싫다."

기만이 넘어지다 바닥에 스쳤는지 입술에 피를 묻힌 채 비열한 웃음을 지으며 일어난다.

"용서?"

기만이 허탈한 웃음을 지으며 고개를 뒤로 한번 돌리더니 봉수의 얼굴에 주먹을 날린다. 순식간에 나온 주먹에 봉수가 뒤로 넘어진다.

"용서는 강한 자가 베풀며 하는 말이야. 네까짓 것이 나한테 용서? 캬! 야, 웃기지 마!"

봉수가 천천히 자리에서 일어난다. 관장이 둘 사이에 끼어들며 말린다.

"이게 무슨 짓이야? 이기만씨! 당신이 봉수한테 한 짓을 생각하면 당장이라도 교도소에 집어넣을 수 있어."

"교도소? 아주 소설을 쓰는구만. 너희들이 날 교도소에?"

기만이 손가락으로 관장과 기만을 가리키며 가소로운 표정으로 크게 웃었다. 관장이 순간적으로 몸이 움찔하며 주먹이 나가려는 걸 봉수가 제지했다.

"야! 정신차려 임마! 사람은 고쳐 쓰는 게 아니야! 그날 너거들이 봉수한테 한 짓 다 동영상으로 있어. 대가리에 피도 안 마른 것이 왜 계속 반말이야!"

"관장님!"

봉수가 관장을 제지하자 기만이 놀란 눈으로 그들을 본다.

"동영상?"

"왜 그래? 내가 뭐 못할 말 했나? 그냥 제보하자고. 그냥 조용히 지나가려고 했더니 저거 하는 거 봐라! 당장 경찰서 가자고."

관장이 봉수의 만류를 뿌리치고 기만을 노려보며 강한 어조로 말했다.

"어딨어? 거짓말 마! 너희들 그걸로 협박하는 거지?"

"이것 봐. 저렇다니깐. 맨날 시키면 물만 먹나? 사람 말을 믿지를 않네. 내가 다 찍었다, 이 자식아! 생각 좀 해 봐라. 니가 죽인 봉수가 여기 왜 멀쩡히 살아 있겠노?"

봉수가 흥분한 관장을 말리며 밖으로 내보내려 손을 잡고 당겼다.

"암튼 낯짝 두껍기가 콘크리트야. 여기가 어디라고 제 발로 찾아와!"

"동영상 어딨어? 내놔! 내놓으란 말이야?"

기만이 그들의 등에 대고 소리치자, 봉수가 뒤돌아서며 신경질적으로 목소리를 높였다.

"이러지 말고. 가! 이젠 너와의 악연도 끊고 싶어. 이제 그만하자. 날 그만큼 짓밟고 죽였으면 됐잖아. 네 눈에는 내가 하찮은 인간이겠지만, 나도 누군가에겐 소중한 사람이야. 제발 그냥 날 내버려둬."

봉수가 안타까운 눈으로 기만을 봤다.

"난 네가 이래서 싫어. 임마! 난 널 죽이려 했단 말이야. 그럼 날 때리던가, 감방에 처넣던가 해야 정상이지. 왜 내가 무서워? 왜? 가만히 있냐고? 네가 부처야? 성인군자야? 왜 착한 척하냐고? 바보야! 너도 화나잖아? 그럼 화를 내고 나한테 저주를 퍼부으라고 새끼야!"

기만이 포효하듯 몸부림쳤다.

"뭐야? 사과야? 악다구니야? 봉수야! 저런 놈은 상대할 가치도 없어. 나가서 밥이나 먹고 오자."

관장이 봉수의 손을 잡고 밖으로 나간다.

"어디 가? 그냥 가면 어떡해? 나한테 화를 내든지, 귀싸대기를 날리든지 하라고, 이 새끼야!"

기만이 바닥에 쓰러져 절규했다. 그 모습을 보던 관장이 봉수의 어깨를 치며 밖으로 나간다. 체육관이 기만의 처절한 울음소리로 가득 채워졌다.

저녁 무렵, 수영이 가게를 정리하고 막 나가려는 순간 봉수가 힘없이 들어와 자리에 앉는다.

"무슨 일이에요?"

"이기만이 찾아왔어요."

수영이 봉수 옆에 살며시 앉더니 봉수의 어깨를 두드린다.

"용서하세요! 당신이 똑같이 복수한다면 그 사람에겐 또 다른 증오가 생길 거예요. 불안해하는 사람은 그 사람이에요. 그냥 내려놓으세요. 사람의 본성은 바꿀 수가 없는가 봐요. 그게 그 사람 인생이니…."

봉수가 고개를 들어 수영을 본다. 봉수의 눈이 촉촉이 젖어 있다.

"나한테 왜 이런 일이 생겼는지. 그놈도 처음엔 누구보다 나랑 친하고 즐거웠는데…. 다 이기심이 아니었을까 싶네요. 나 또한 마찬가지고. 지나고 나니 앞서고 뒤서고 이런 것들이 다 부질없고. 오히려 나 자신을 더 힘들게 만들었던 거 같아요."

봉수가 힘없이 고개를 숙인다. 수영이 봉수의 어깨를 꼬옥 껴안는다.

"이젠 당신 곁에 내가 있잖아요. 우리 늦었지만, 앞으로 서로 사랑하며 행복하게 살아요."

봉수가 고개를 돌려 수영을 본다. 수영의 사랑스런 눈가도 어느새 촉촉이 젖어 있다. 두 사람의 마음을 달래주려는 듯 미용실 앞 도로에 첫눈이 흩뿌린다.

기만이 사무실에서 자신의 물건을 박스에 담고 있다. 책상에 엉덩이를 걸치더니 명패를 들고 한참을 바라보다 힘없이 내려놓는다.

"내가 여기까지 어떻게 올라왔는데….."

기만의 눈가가 분노로 파르르 떨린다. 그때 성길이 사무실로 들어왔다. 기만이 앉은 채로 맞이한다.

"아고, 부사장님 아니십니까? 저 가는 꼴 보려고 오셨군요. 좋으시겠어요? 하하하!"

기만이 히죽거리며 성길을 본다. 성길이 애써 태연한 척한다.

"그래도 옛정이 있어서 와 봤더니, 역시 인간 되긴 글렀어."

성길이 밖으로 나가기 위해 발길을 돌리려 하는 순간, 기만이 한마디 뱉는다.

"봉수 만나고 왔어요. 그 복싱 체육관에 있더군요. 등잔 밑이 어둡다더니 어떻게 거길 다시 기어들어갈 생각을 했을까? 어이가 없어서… 아 참! 그놈이 그날 강에서 있었던 동영상도 갖고 있더라구요."

성길이 고개를 돌려 기만을 본다.

"뭐야? 내가 네 말에 속을 것 같아. 어디서 수작이야? 그 새끼 혼자 나왔는데 무슨 동영상이야?"

"그러던가. 판단은 부사장님이 하세요. 중요한 건 그 동영상을 내가 입수했다는 거지요. 하하하! 나 혼자 죽을 순 없잖아요. 죽어도 같이 죽고, 살아도 같이 살아야지. 낄낄낄! 알아서 하세요."

기만이 박스를 들고 나가려 하자, 성길이 그의 팔을 낚아챈다.

"똑바로 말해! 동영상이 어딨어?"

기만이 고개를 돌려 성길을 쏘아본다.

"궁금하죠? 알고 싶으면 오늘 저녁 8시까지 거기 오시던가. 아님 확 터트리고 같이 죽던가. 그럼, 저는 이만."

기만이 성길의 팔을 뿌리치고 건들거리며 나간다. 기만이 의미심장한 미소를 띠며 복도를 걸어간다. 성길이 허겁지겁 기만을 부르며 뛰어왔다.

"어지간히 몸이 달긴 달았나 보군."

기만이 혼잣말을 하며 멈춘다. 성길이 헐떡이며 기만의 팔을 잡고 가쁜 숨을 몰아쉰다.

"야! 근데, 거기가 어디야?"

기만이 황당한 표정을 짓더니 "양평 거기" 하며 자리를 뜬다.

"양평? 아! 거긴 사고 난 데 아니야? 근데 하필 왜 또 거기야? 무슨 꿍꿍이가 있는 거야?"

성길이 어깨를 부르르 떠는데, 앞에 직원들이 오자 표정을 가다듬고 다시 근엄한 표정으로 사무실로 향한다. 성길이 어디론가 전화한다.

"봉수가 살아 있어."

"정말?"

핸드폰 너머로 손아라의 놀란 목소리가 들린다.

"이기만이 만났대. 오늘 양평 그 장소로 나오라고 하네. 그날 동영상을 갖고 있다고, 안 나갈 수도 없고."

"어디서 만났다고 해요?"

"봉수가 다니던 복싱 체육관에서 만났다고 하더군."

"아! 생각보다 가까운 곳에 있었네. 분명히 협박하려고 할 거야. 자기 혼자 가지 말고 꼭 건달들 데리고 나가요!"

"당연하지. 오늘 그 자식과 마지막이야. 다시는 보고 싶지 않아."

"응. 조심하고 끝나면 연락줘요."

"그래. 너무 걱정말고."

전화를 끊고 손아라가 안절부절 거실을 이리저리 돌아다니다가 소파에 앉아 깊은 생각에 잠긴다. 잠시 후 뭔가 결심을 한 듯 핸드폰으로 복싱 체육관을 검색한다. 이내 전화를 건다.

그날 밤, 성길이 봉수가 사고 난 현장에 나타났다. 기만의 모습이 보이지 않고 차가운 바람만이 강변을 채찍질하고 있다. 성길의 차 뒷좌석에 두 명의 건장한 남자가 앉아 있다.

"아! 이 자식은 왜 안 와? 추워 죽겠구먼."

성길이 손목시계를 들여다보며 차 앞을 왔다갔다 어슬렁거린다. 그때 헤드라이트 불빛이 가까이 다가왔다. 이곳에 올 사람은 이기만뿐이다. 성길이 차 안에 있는 건달들을 보며 고개를 숙일 것을 눈짓으로 보낸다. 예상대로 기만이 차에서 내렸다. 헤드라이트 불빛 때문에 기만의 차 안이 잘 보이지 않는다. 성길이 손으로 불빛을 가리며 옆으로 이동한다.

"부사장님! 아니지 이제 회사 상사도 아니니까 김성길이구나. 이런 제길."

기만이 천천히 히죽거리며 다가왔다.

"사람만큼 간사한 게 없다더니… 뭐야?"

"당신도 어지간히 켕기는가 보군. 봉수가 그날 이곳에서 있었던 동영상을 갖고 있어. 어쩜 그걸 경찰에 제출할지도 몰라. 어떻게 할 거야?"

"확인해 봤어?"

"아니, 아직 보진 못했지만, 그 녀석과 주변 상황을 보면 분명 있긴 있는 것 같아."

"네가 갖고 있다며? 이 새끼 또 사기쳤네. 믿은 내가 바보지."

성길이 허리에 손을 올리고 깊은 한숨을 쉰다.

"지금 그게 중요해? 봉수한테 동영상이 있다는 게 중요한 거지."

"야! 그 자식이 갖고 있으면 왜 아직까지 경찰서에 제출 안 하고 있어? 그거면 우리 잡아넣는 건 식은 죽 먹기일 텐데."

"글쎄. 그래서 당신을 보자고 한 거야."

"자식, 말끝마다 반말이네."

"이봐요, 김성길씨. 지금 그게 문제야. 아! 참! 또 하나 당신이 모르는 게 있어. 이거 아주 재밌는 이야기인데, 손아라씨 말이야…."

"무슨 수작 부리려고 그래?"

"어허 화내지 말고. 그 여자가 실은 내 여자였어. 내가 뭐 한 번 훅 훑고 지나간 아이거든. 아! 봉수한테서 사진 봤으니까 알긴 알겠구나. 암튼 나이 처먹어도 밝히기는… 어때 좋아? 걔 그거 죽이지 않든?"

"이기만! 그만해."

"하하하! 바보 같은 놈. 그 아이가 당신 같은 늙은이랑 왜 살을 섞겠어? 돈 때문이지, 자신의 출세를 위해 날 버린 거고."

"넌 참 추악한 놈이야. 얘기할 가치도 없어."

"그렇게 나올 줄 알았어. 회사에서도 날 자르고, 나 혼자 다

짊어지고 가라? 하하하! 김성길씨! 난 말이야 이제 더 잃을 게 없는 사람이야. 그런데 양심이 있으면 나한테 뭘 줘야 되지 않겠어? 그렇게 사람을 굴러먹었으면. 나 혼자 죽기엔 너무 억울해서 말이야."

기만이 거들먹거리며 성길에게 천천히 다가간다.

위협을 느낀 성길이 서둘러 차에 눈길을 주자 건장한 사내 2명이 각목을 들고 나왔다. 기만이 그럴 줄 알았다는 표정으로 미소를 지으며 한 걸음 물러선다.

"에헤, 내 그럴 줄 알았어. 어떻게 이 무서운 곳에 너 혼자 오겠어? 비열한 놈."

"뭐해! 저 새끼 오늘 병신 만들어 버려."

성길의 말이 떨어지자 건달 2명이 천천히 각목을 들고 기만에게 다가갔다.

그때 재빠르게 기만이 차로 달려가더니 차에서 누군가를 끌어내렸다. 손아라다. 손이 묶인 채 있다.

"아라야! 아라야!"

성길이 놀란 눈으로 아라와 기만을 번갈아 본다. 기만이 손아라의 뒷머리를 움켜 당기자 그녀가 고통에 비명을 질렀다. 성길이 건달들에게 손짓으로 기만을 손봐 줄 것을 명령하자 건달이 달려들었다. 그때 기만이 주머니에서 칼을 들고 손아라의 목을 겨눴다. 건달들이 주춤한다.

"무슨 짓이야! 너! 너! 미쳤어?"

"내가 바보인 줄 알아? 젊은 것이 좋던? 넌 항상 뒤에 빠져 있지. 비겁한 놈. 한 발짝이라도 더 다가오기만 해 봐. 이 여자 목이 달아날 테니."

기만이 비열한 미소를 지으며 성길을 본다. 손아라가 기만의 손아귀에서 빠져나오려 안간힘을 쓴다.

"어허! 이러면 안 되지."

기만이 더욱 그녀의 목을 움켜쥔다.

"부사장님! 살려 주세요."

손아라가 간절한 눈빛으로 애원했다.

성길이 생각에 잠긴 듯 기만을 조용히 응시했다. 이윽고 결정을 한 듯 차분히 말했다.

"원하는 게 뭐야?"

"나야 돈이지. 회사에서도 잘렸고. 봉수가 죽지 않고 살아 있으니까 불안하기도 하고 뭐. 돈만 주면 여길 뜰게. 대신 이 걸레 같은 애는 네가 가지고 계속 놀 수 있게는 해 주지."

성길이 기만의 말에 어이없다는 듯 코웃음을 친다.

"하하하! 네가 그년을 어떻게 하든 난 관심없어. 결국 이렇게 될 줄 알았지. 불쌍한 것들. 그냥 좀 반반해서 가지고 놀았던 것뿐이야. 난 네놈들이 어떻게 놀았는지 처음부터 잘 알고 있었어. 뭐, 근데 나름 데리고 놀만 했어. 조금 더 데리고 놀고 싶었는데 아쉽네. 상종 못 할 인간들. 아 참! 집이랑 CF건 당연히 없어지는 거 알지? 바보 같은 것들….”

성길이 눈살을 찌푸리며 뒤돌아섰다. 기만과 손아라가 눈을 마주치며 서로를 마주 본다.

“야! 김성길! 이 개새끼!”

손아라가 기만의 팔에 목이 붙들린 채 욕을 했다.

“나쁜 새끼! 우릴 갖고 놀다니….”

기만이 잠시 주춤하더니 다시 칼을 손아라의 목에 갖다 댔다.

“정말 죽여 버릴 거야. 김성길! 이래도 가만있을 거야?”

“나하고는 상관없는 일이야. 죽이면 더 깔끔하고. 둘 다 한꺼번에 처리되니까. 너흰 이제 나한테 아무 의미가 없어. 바보 같은 놈.”

성길이 건달들에게 눈짓을 보내고 뒤도 돌아보지 않고 차를 향해 천천히 걸어간다. 건달들이 기만을 향해 천천히 다가서는 바로 그때, 어디선가 낯선 사람들이 숲에서 뛰어나와 그들 앞에 섰다.

“이기만, 김성길, 손아라. 당신들을 살인교사 및 살인방조죄로 체포한다. 당신은 묵비권을 행사할 수 있고 변호사를 선임

할 수 있으며….”

기만과 성길이 서로 놀라며 어찌할 바를 모른다. 기만이 더욱
손아라의 목에 칼끝을 겨눈다.

“한 놈이라도 더 다가와 봐. 이 여자 가만두지 않을 거야.”

그때 봉수가 형사들 사이에서 천천히 걸어 나왔다.

기만과 성길이 놀란 눈으로 쳐다본다.

“네가 여길 어떻게? 네가 신고한 거야? 결국 그냥 조용히 넘
어가자고 하더니 너도 어쩔 수 없구나. 그래. 너도 사람이면 이
렇게 해야지. 그래야 내가 널 하찮게 안 볼 거 아니야? 진작에
이렇게 악다구니 같은 근성을 보였으면 좋았을 텐데… 병신 같
은 놈.”

기만이 조롱 섞인 말로 봉수를 보며 낄낄거렸다.

“이제 다 끝났어. 칼 내려놔!”

봉수가 체념한 듯 안타까운 눈으로 기만을 봤다.

“여길 어떻게 알고 왔어?”

그때 성길이 눈을 부라리며 거칠게 봉수를 몰아세웠다.

“저놈 눈 돌아간 거 봐라. 어구 무서워라.”

봉수 옆에 있던 관장이 긴장한 채 어쩔 줄 몰라 한다.

“내가 그랬어.”

손아라의 말에 기만과 성길이 놀란 눈으로 본다.

"왜? 너 저놈하고도 그렇고 그런 관계였어?"

"미친놈, 네 눈에는 세상 사람들이 다 그렇게 보이지? 전부다 인정머리라곤 눈곱만치도 없는 불쌍한 인간들. 하찮은 인간은 저기 있는 김봉수가 아니라 바로 김성길, 이기만 너희들이야. 나도 마찬가지고. 어서 죽여! 나도 이제 살 가치도 희망도 없어."

손아라가 기만의 칼끝으로 자신의 목을 갖다 대자 목에서 살짝 피가 흐른다. 기만이 놀라며 손아라의 목을 얼떨결에 놓았다. 그 순간을 놓치지 않고 형사들이 기만에게 달려들었다. 기만이 칼을 휘두르지만, 형사의 발길질에 허공에 떨어지고 형사들에 둘러싸여 포박된다.

"놔! 놔! 내가 왜 저런 하찮은 인간 때문에 내 인생을 망쳐야 하냐고? 놔! 놔! 난 너희들처럼 하찮은 인간이 아니란 말이야."

성길은 형사들에게 체념한 듯 순순히 포박당한 채 기만의 모습을 측은한 눈빛으로 바라보고 있다.

성길이 손아라에게 무덤덤하게 묻는다.

"이기만이 어떻게 너를 찾았어?"

"저 인간이 어떻게든 나를 찾아올 거라고 예상했어. 그리고 직감적으로 느꼈어. 끝이 보이는 것을. 나도 사람이야. 너희들한테 빌붙어서 팔자 고쳐보려고 했는데, 여기서 더 나가면 내가 정말 하찮은 인간이 될 것 같아서 김봉수에게 연락했어. 설마 설마 했는데. 당신도 기만과 마찬가지였어. 그냥 난 노리개에 불과했어. 물론 나도 당신을 이용하려 했고, 우린 결국 자기만 아는 나쁜 인간이야. 벌을 받아야지."

손아라가 체념한 듯 고개를 숙이고 흐느낀다. 성길이 손아라에게 발악한다.

"나쁜 년! 내가 너한테 준 게 얼마인데, 나를 배신해? 넌 잃을 게 없지만, 난 많은 걸 내려놔야 해. 왜 그랬어?"

"그건 당신의 오만이야. 왜 나는 잃을 것이 없다고 생각해? 나도 내 모든 걸 당신들에게 걸었어. 이 지긋지긋한 가난에서 벗어나기 위해 나를 죽여가며 당신들 비위를 맞췄어. 나도 돈에 미쳐서 한 인간을 파괴하는 데 함께 했으니까 나쁜 년이지. 근데 말이야. 나에겐 아직 당신들에게 없는 조그마한 양심이 남아 있었나 봐. 당신이 나를 찾아와 봉수씨를 또 없애려고 할 때 어떻게 인간이 이렇게 잔인할 수 있을까 역겹고 무서웠어. 성실한 사람을 하찮게 여기고 우습게 보는 당신들이 미친 거야. 당신 삶이 중요하면 다른 사람 삶도 중요하다는 걸 왜 몰라. 지금 와서 후회해 봐야 부질없는 짓이지만, 봉수씨에게 정말 미안해."

기만이 손아라를 째려보다 분을 못 이기고 소리쳤다.

"닥쳐! 네가 감히 돈이면 몸도 파는 너 같은 것이 나를 갖고 놀아? 하하하! 각오해! 너도 죽여 버릴 거야. 쌍년!"

기만이 덫에 걸린 짐승이 포효하듯 손아라를 노려보다 이내 봉수에게로 시선을 돌렸다.

"이게 다 너 때문이야. 너만 날 건들지 않았어도 이런 일은 일어나지 않았어. 너같이 하찮은 인간이 왜 하필 내 주변에 얼 쩡거리냐고?"

기만이 웃음인지 흐느낌인지 알 수 없는 소리를 내며 봉수를 노려봤다.

"단지 내가 네 앞에 있었기 때문에 나도 이렇게 된 거고. 내가 아니었어도 너한텐 하찮은 인간 그 누군가가 피해자가 됐을 거야. 하찮은 인간, 그 기준이 뭐니? 지금 네 모습을 봐!"

봉수가 기만을 측은한 눈빛으로 봤다.

"지금 날 동정하는 거야? 너 같은 하찮은 인간한테 그런 동정의 눈길을 받다니 정말 어이없다. 넌 그때 죽었어야 했어. 그럼 이런 사단도 나오지 않았다고. 죽여 버릴 거야."

기만이 형사들을 팔을 뿌리치고 봉수에게 달려든다. 말릴 틈도 없이 기만이 봉수에게 주먹을 날리지만, 봉수가 살짝 피하며 기만의 복부를 강타했다. 기만이 그대로 바닥에 쓰러진다.

순식간에 일어난 일에 모두가 어리둥절하다.

관장이 봉수를 보며 물개박수를 치며 기쁨을 감추지 못한다.

"자식 한주먹 거리도 안 되는 게 까불고 있어. 이 사람이 우리 체육관 소속이에요. 내가 가르친 사람이에요."

관장이 어깨를 으쓱하며 형사들에게 봉수를 가리키며 자랑한다.

기만이 배를 잡고 고통에 일그러진 표정으로 바닥에 주저앉았다.

"기만아! 세상에 하찮은 인간은 없어. 어느 누구도"

봉수가 쓰러진 그를 측은한 눈빛으로 바라보며 뒤돌아선다. 기만이 절규하듯 봉수를 외치며 반항하지만, 이내 형사들에 둘러싸이고, 성길과 아라가 고개를 숙인 채 말없이 순찰차로 향한다.

그때 수영이 달려와 봉수에게 격정적으로 안긴다.

"봉수씨!"

"수영씨!"

봉수와 수영이 포용하는 모습을 보고, 관장이 입맛을 다시며 주변을 두리번거렸다. 김 여사가 둘의 모습을 양손을 꼭 모은 채 감격스러운 눈으로 보고 있다. 관장이 다가가 슬그머니 김 여사의 어깨에 손을 얹으려고 하자, 한 손으로 가볍게 밀치며 말했다.

"봉수씨! 저렇게 멋진 사람이었어?"

관장이 못마땅한 눈으로 봉수와 수영을 바라본다.

"김 여사! 눈도 오는데 우리도 저렇게 좀 해 봅시다."

관장의 말에 김 여사가 눈길 한 번 주지 않고 둘의 모습을 감격에 겨워 보고 있다.

한참 뒤에 봉수의 품에서 떨어진 수영이 봉수의 눈을 사랑 가득한 눈으로 바라봤다. 봉수가 천천히 수영의 입술에 짧게 입맞춤하고 수영을 봤다. 뭔가 아쉬운 듯한 표정의 수영이 갑자기 그를 당겨 키스를 했다.

그 순간 봉수와 관장의 눈이 마주쳤다. 관장이 입을 벌리고 넋을 놓고 봉수를 보자 손짓으로 관장에게 뒤돌아서라고 눈을 껌뻑인다. 관장이 아쉬운 표정으로 애써 뒤돌아서며 김 여사의 어깨에 손을 걸쳤다.

김 여사가 좋은 구경에 방해가 된다는 듯 관장의 손을 뿌리치며 옆으로 피하자 그녀를 쫓아가며 계속 어깨를 걸친다. 몇 번의 시도 끝에 그녀도 관장의 손이 싫지 않은 듯 입을 삐죽거리며 수용한다.

순찰차 헤드라이트와 경광등이 눈 오는 강변을 밝힌다. 봉수와 수영이 활짝 웃으며 양손을 벌려 눈을 맞이한다. 세상에 하찮은 인간은 없다. 하찮게 여기는 인간이 있을 뿐이다.

끝

이 책은 2015년 스토리클래스에서 〈하찮은 인간, 김봉수〉란 제목으로 출간한 전자책에 대한 10년 만의 개정증보판이다. 당시 40대였던 필자는 이제 50대 후반이다. 10년이란 세월이 흐른 지금, 스토리 전개에서 미진한 부분을 수정하고 또 필자가 직장생활을 하면서 느낀 생각의 변화를 가미한 개정증보판이다.

직장인은 사회생활을 하면서 수많은 일을 겪는다. 학창 시절 우등생이 직장에선 조직 부적응으로 고생하고, 학창 시절 눈에 띄지 않던 친구가 성공적인 사회생활로 승승장구하는 것을 주위에서 어렵지 않게 볼 수 있다.

학창 시절은 성적이라는 객관적 지표로 줄을 세우지만, 사회생활은 능력, 네트워크, 주변 환경 등에 따라 성실과 경륜에 상관없이 한순간에 극과 극을 오가는 편차도 크다. 어쩌면 인생의 진짜 묘미는 학교를 졸업하는 순간부터 시작된다고 해도 과언이 아니다.

세렝게티의 약육강식처럼 조직은 처절한 생존 경쟁이 펼쳐지는 곳이다. 높은 지위에 오르기 위해 동료는 함께 가야 할 대상이 아니라 제압해야 할 대상이 되기도 한다. 자기보다 앞서면 조바심을 내고 자신보다 뒤처질 때 안도감을 느낀다. 패배자는 비굴하더라고 견딜 수 있으면 살아남고, 견디지 못하면 사라진다.

입사 초기의 동료는 서로 고민을 나누고 의지하는 둘도 없는 든든한 버팀목이지만, 세월이 흐르면 누구보다 강력한 경쟁자로 변한다. 동료에 대한 험담과 시샘이 돌이킬 수 없는 비극적인 결과를 가져오기도 한다.

오직 부와 권력을 쟁취하기 위해 염치없는 자는 누군가의 인생이 망가져도 죄책감을 느끼지 못한다. 부끄러움이 없기에 거침 또한 없다. 더욱이 세상은 언제나 과정이야 어떻든 결국 승리한 사람에게 고개를 숙이고, 찬사를 보내는 것에 익숙하다. 심지어 경쟁을 예술적 경지로 끌어 올려 아름답다고 치켜세우고 경쟁을 부추긴다. 패배하는 순간, 포기하는 순간 그의 인생은 나락으로 떨어진다.

경쟁의 원리에 따라 승자는 모든 것이 자신의 뛰어난 능력 때문이라 자부하고, 패자는 모든 것이 자신의 부족함에서 비롯된 것이라 자책하며 승자의 삶에 생활이 예속된다. 승자에겐 사람이 모이고 패자에겐 값싼 동정과 싸늘한 시선뿐이다. 언제나 그러듯 염치없는 자는 부끄러움이 없기에 항상 당당하다.

특히 권력 의지를 가진 염치없는 자의 출세는 조직과 조직원에게 그 자체로 재앙이다. 그들에게 조직은 자신의 위세를 드러내는 수단이고, 사람은 출세를 위한 도구에 불과하다. 그들이 권력을 더 많이 가질수록 하찮은 사람은 더 늘어나고 위상은 더 공고해진다.

염치없는 자가 성공하고 성실한 사람이 바보로 여겨지는 세상은 정의롭지 않다. 자본과 권력이 신앙처럼 추앙받는 세상에서 사람들은 하찮은 사람으로 전락하지 않으려 몸부림친다. "직장인 김봉수"는 직장인의 삶을 다루었다. 소설 속 김봉수는 특정인에 의해 순식간에 하찮은 사람으로 규정된다. 그가 하찮은 사람이 된 것은 투철한 권력 지향 의지를 갖지 못했기 때문이다. 권력 의지와 승부 욕이 없는 사람은 조직 생활을 영위하기 어렵다는 것을 간과한 결과다.

소설은 경쟁이라는 명목 아래 맹목적 증오와 편견이 한 사람의 삶을 얼마나 비참하게 만들 수 있는지 폭력성을 고발한다. 예나 지금이나 세상은 언제나 아름다움과 추함, 선과 악의 혼돈으로 흘러왔다. 그 혼돈의 시간 속에 풍요롭게 살기 위해 부와 권력을 추구하는 것은 어쩌면 우리 삶의 본질인지도 모른다.

그러나 그 과정에서 내면 깊숙이 인간임을 증명하는 염치를 팽개치는 우를 범하지 말았으면 좋겠다. 모두가 자신만의 부귀영화를 위해 살아왔다면 진작에 사회는 해체되었을 것이다. 아직 세상이 살 만한 것은 염치 있는 성실한 사람들이 많기 때문이다.

도대체 하찮은 인간은 누구인가? 부와 권력, 외모와 능력이 떨어지면 하찮은 사람인가? 어떤 잣대로, 무슨 자격으로 인간이 인간에게 일방적으로 하찮은 인간이라고 평가하고 폭력을 행사하나? 하는 의문과 분노에서 이 소설은 시작됐다.

어느 사회나 조직이든 감투 하나 쓰고, 돈 좀 있다고 사람을 우습게 여기고 함부로 대하는 사람이 있다. 이 세상에서 가장 하찮은 사람은 바로 그런 사람이다. 삶이 그래도 희망을 품고 살아 볼 만한 것은 항구적 불행은 없기 때문이다. 우리가 매일 출근해서 보는 직장인 아무개 김봉수는 당신의 출세를 위해 무시하고 밟고 일어서야 할 발판이 아니라 고귀한 인격체인 동료다. 그는 그저 일이 있음에 감사하며 소소하고 행복하게 직장 생활을 오래 하고 싶은 직장인일 뿐이다. 오늘도 만원 지하철에 끼여 살을 부대끼면서도 불쾌감을 주지 않으려 서로를 배려하려는 수많은 존엄한 아무개 중 한 사람이 직장인 김봉수다. 그는 사람을 도구가 아닌 사람으로 존중하고 사랑하는 세상을 꿈꾼다.